얼음이
빛나는
순 간

얼음이 빛나는 순간

이금이 장편소설

밤티

차 례

너무 빠른 봄

여름이 온 듯 아침부터 더웠다. 지오는 등에 멘 기타 때문에 겉옷을 하나 더 입은 느낌이었다. 지하철에서 내린 지오는 서울역으로 이어진 에스컬레이터 앞에서 잠시 망설였다. 하지만 도시의 길은 행인에게 미적거릴 시간을 주지 않았다. 행렬에 끼든지, 빠져나오든지 둘 중 하나를 선택하라고 채근했다. 뒷사람에게 떠밀려 에스컬레이터를 탄 지오는 역 안으로 들어섰다.

지오는 전광 안내판에서 자신이 가야 할 플랫폼을 확인했다. 4번이었다. 기차는 이미 대기 중이었고 출발하기까지 5분이 남아 있었다. 지오의 몸이 저절로 플랫폼 쪽으로 움직였다. 충북 영동에 있는 기숙 고등학교를 다녔던 2년 반 동안 한 달에 한두 번씩은 거쳤던 곳이다. 마지막으로 기차를 탔던 건, 2학년 2학기가 시작되기 전 자퇴를 결심하고 집으로 향하던 때였다.

지오는 고등학교를 다니는 동안 자신이 가야 하는 곳이 좋았던 적이 한 번도 없었다. 기숙사에서 퇴실할 땐 집으로 가는 게 싫었고, 주말을 보내고 집을 나서면 학교에 가는 게 싫었다. 자퇴한 다음 해에 검정고시를 치르고 수능을 본 지오는 재수를 거쳐 수도권에 있는 대학에 입학했다. 그리고 그것으로 인생의 모든 숙제를 끝낸 듯이 지난 1년을 보내고 2학년이 되기 전 휴학을 했다.

지오는 자신이 타야 할 기차가 곧 출발한다는 안내 방송에도 발길을 재촉하지 않았다. 그사이 기차가 출발하기를 바라는 마음도 있었다. 플랫폼에 다다른 지오는 뭉그적대다 기차 문이 닫히려는 찰나에 훌쩍 올라탔다. 기차는 지오의 망설임을 비웃기라도 하듯 순식간에 플랫폼을 벗어났다. 객차 연결 통로 벽에 기대선 지오는 이유 모를 안도감을 느꼈다. 빠르게 지나쳐 가는 바깥 풍경을 바라보면서 자신이 기차가 출발하기 전에 도로 내릴까 봐 걱정했음을 깨달았다.

얼마 전 석주한테서 느닷없이 메일이 왔다.

잘 지내? 나, 장석주야.

1학년 처음에 같은 방 썼던.

만나고 싶다.

5월 2일 오후 1시

경부선 추풍령역에서 기다릴게.

꼭 와 줘. 부탁이야.

지오는 갑작스러운 연락이 뜨악하다 못해 어이없었다. 자퇴한 뒤 연락 한 번 안 한 사이에 이쪽 사정은 아랑곳없이 날짜와 장소까지 제멋대로 지정해 놓고 오라니. '부탁이야.'라는 말로 마무리하고 있지만 실은 '(네가 오든 안 오든) 기다릴게.'로 강요하고 있었다.

게다가 제 연락처도 안 적었다. 휴대폰 번호는 약속의 기본 아닌가. 하지만 지오가 어렴풋이 기억하는 석주는 꽁한 성격에 세심한 아이였다. 휴대폰 번호를 적지 않은 데는 그럴 만한 사정이 있을 것이다. 물론 일방적인 메일을 무시해 버리면 그만이었다.

어젯밤까지도 지오는 결정을 내리지 못했다. 잠이 오지 않아 SNS를 뒤지다 궁금하지도 않은 몇몇 애들의 근황을 알게 됐을 뿐 석주의 흔적은 찾아내지 못했다. 이렇게 잠수 타고 있는 애가 내게 왜? 석주가 말한 시기에 오한결과 양근석도 같은 방을 썼다. 고등학교 동창 중 유일하게 연락이 되는 아이는 최근에 우연히 만난 오한결뿐이었다. 지오는 한결에게 슬쩍 장석주의 소식을 묻는 메시지를 보냈다. 지오만 받은 메일이 아닐지도 몰랐다. 코레일 사이트에서 추풍령역을 검색하려는데 답이 왔다.

몰라. 어디 들어가서 재수한다는 소리는 들었는데.

대학은 어디 갔대?

그걸 모르겠네.

한결은 석주의 메일을 받지 않은 모양이었다. 자기만 받았다고 생각하자 호기심과 부담이 동시에 커졌다.

추풍령역은 무궁화호 기차만 멈춰 서는 작은 역이었다. 지오는 산골짜기의 스파르타식 기숙 학원이나 절 또는 고시원 같은 데서 3수, 아니, 4수를 하고 있는 석주를 떠올렸다. 휴대폰 번호를 적지 않았다는 게 심증을 굳혀 주었다. 지오는 뜬금없는 메일을 보낸 석주를 이해하기로 했다. 산골 기숙 학원에 박혀 있으면 힘들겠지. 누구라도 보고 싶겠지. 그런데 그게 왜 자신인지는 여전히 의문이었다. 같은 방 쓸 때 특별히 사이가 좋았던 것도 아니었다. 그마저도 석 달 정도였을 뿐 방이 갈린 뒤로는 벌어진 성적만큼이나 멀어진 채 학교를 떠났다.

할 일도 없는데 가 주지, 뭐. 혹시 알아? 기차에서 괜찮은 여자라도 만나게 될지. 고등학교 다니는 동안 늘 기대했지만 한 번도 일어나지 않았던 일이다. 하지만 그런 기대라도 있어야 잊어버린 코레일 멤버십 아이디와 비밀번호를 찾을 의욕이 생길 것 같았다.

추풍령역까지 가는 기차는 하루에 네 번밖에 없었다. 지오는 오후 12시 58분에 도착하는 기차를 예매했다. KTX를 타고 가다 환승하면 더 빨랐지만 요즘 주체할 수 없이 넘치는 건 시간뿐이다. 왕복으로 끊으려고 보니 돌아오는 기차는 3시 26분이 끝이었다. 1시에 기다린다는 걸 보면 석주가 기차 시간을 제대로 알고 있다는 거였다. 고작 두 시간 만나자고 거기까지 부르지는 않았을 테고 어쨌든 자기가 불렀으니 무슨 대책을 세워 주겠지. 현재로선 하룻밤이라도 집을 떠날 일이 있다는 게 좋았다. 지오는 오래 고민하지 않고 편도로 예매했다. 그리고 '형님이 가실 테니 기둘려라.' 하고 답장을 썼다.

지오는 기차가 강물 위를 달리기 시작했을 때에야 자기 자리를 찾아갔다. 그런데 그 자리엔 이미 한 아주머니가 앉아 있었다.

"어머, 내가 통로 자린가 보네."

아주머니가 옆자리의 가방을 들며 일어서려고 했다.

"그냥 거기 앉으셔도 돼요."

창가 자리를 아주머니에게 양보한 지오는 기타를 벗어 선반 위에 올려놓았다. 기타를 가지고 나온 게 후회됐다. 하지만 오늘 밤 외박을 할지도 모르는데 기타를 집에 두는 건 위험했다. 이번 기타는 세 번째였다. 자퇴한 뒤 고모한테 생일 선물로 받은 두 번째 기타는 첫 번째 기타처럼 아버지 손에 박살 났다. 지오는 자리에 앉았다.

지오가 처음 기타를 배운 건 캐나다 중학교에서였다. 음악 시간에 악기를 하나씩 배워야 했고 지오는 기타를 택해 밴드부 활동을 했다. 노래를 처음 만든 건 음악이 아니라 문학 시간 과제 때문이었다. 수업 시간에 배운 시에 대한 감상을 자유 형식으로 만들어 제출하는 숙제였다. 영어 실력도 형편없고 달리 할 줄 아는 게 없었던 지오는 시에 멜로디를 입혀 노래로 만들었다. 지오는 처음으로 선생님에게 칭찬받았을 뿐만 아니라 밴드 공연 때 발표도 했다. 보컬이 따로 있었지만 그 노래만큼은 지오가 싱어송라이터 자격으로 직접 불렀다. 그때의 설렘과 흥분, 그리고 충만함은 두고두고 지오를 뿌듯하게 했다.

그 뒤로 기타는 영어 실력이 부족한 지오에게 소통의 도구가 돼 주었다. 기타를 칠 때면 지오는, 어리바리한 동양 소년에서 벗어나 캐나다 아이들과 다를 바 없는 존재가 됐다. 한국에 돌아올 때 가장 먼저 챙긴 물건도 기타였다. 하지만 아버지는 기타가 지오 가슴에 헛된 바람을 집어넣어 정상적인 삶을 방해하는 물건이라고 여겼다.

기차가 출발하고 얼마 뒤 아주머니가 낱개로 포장된 초콜릿 몇 개를 내밀며 말했다.

"자리 바꿔 줘서 고마워요."

"아, 아닙니다."

지오는 거절하는 게 더 번거로워 초콜릿을 받았다.

"KTX 타다 무궁화호 타면 그만큼 내 시간도 천천히 가는 것 같아 좋아."

창밖으로 시선을 돌린 아주머니가 말했다. 누군가에게라도 말이 하고 싶은 모양이었다. 지오는 딱히 대꾸할 말이 없어 잠자코 있었다.

"봄은 너무 빨리 지나가잖아."

그 말엔 격하게 공감이 가 자기도 모르게 고개를 끄덕였다. 군대를 핑계로 휴학한 지오에게도 봄은 너무 빨리 지나갔다. 하루하루는 할 일도 없고 지루한데 일주일, 열흘 같은 단위의 시간은 빨리 흘렀다.

"어디에서 내려요?"

아주머니가 물었다.

"추풍령역이요."

"급수탑 보러 가요?"

"네? 아니요."

"그 역에 일제 강점기 때 사용한 급수탑이 있다더라고. 그

거 보러들 가길래."

지오는 추풍령역에 그런 게 있는 줄도 몰랐다.

"저는 친구 만나러 가요."

그런데 장석주가 친구 맞나?

당장이라도 만나는 걸 포기할 수 있을 만큼 지오는 석주와 소원한 사이였다. 지금 그를 움직이고 있는 동력은 고등학교 동창에 대한 관심이나 추억 같은 감상이 아니라, 석주가 자신을 왜 부르는지에 대한 궁금함이었다.

아직 이른 봄

3월 2일, 햇살이나 바람 어디에도 온기는 느껴지지 않았지만 3월이라는 이유만으로 때는 봄날이었다. 산자락에 자리 잡은 태명고등학교는 오래된 나무들을 잘 활용한 정원과 신구 건물들이 조화를 이뤄 웬만한 대학 캠퍼스 못지않았다. 여기저기 배치된 각종 운동 시설은 소년들의 갖가지 충동을 다스리기에 충분해 보였고, 산뜻한 기숙사는 아들을 두고 가야 하는 학부모들에게 안도감을 주었다.

공부를 방해하는 유해 시설이라고는 없는, 이상과 현실이 완벽한 조화를 이루는 공간에서 아들들은 자립심과 협동심을 기르며 성장할 것임을 부모들은 믿어 의심치 않았다. 그들은 아들들이 팍팍하고 고달픈 입시 기간을 쾌적하고 낭만적인 환경에서 보낼 수 있게 된 것을 흐뭇해했다.

식이 거행되는 동안 부모들은 올바른 인성이 학생들이 가져야 하는 첫 번째 덕목임을 강조하는 이사장의 교육 철학과 명문대 출신 교사들의 열정에 새삼 신뢰를 느꼈다. 하지만 개중에는 이 가혹한 경쟁 시대에 너무 이상만 강조하는 건 아닌가, 하는 일말의 불안을 느낀 부모들도 있었다. 속내를 읽기라도 한 듯 학년 부장은 입학식 말미 공지 사항 전달 때, 학생들은 오늘부터 당장 야간 자율 학습을 해야 한다고 말했다.

학생들 사이에서 불만이 터져 나왔지만 전체로 확산되지는 않았다. 이미 공부에 이골이 난 아이들이 그렇지 않은 아이들보다 훨씬 많았기 때문이다. 덕분에 아들과의 이별에 눈물 훔치던 가족들은 명문대 합격장과 함께하는 졸업식을 상상하며 웃을 수 있었다. 석주 엄마도 마찬가지였다.

"이제 정말 헤어지네. 공부도 좋지만 건강이 더 중요하니까 너무 무리하지 마."

엄마가 석주의 뺨을 어루만지며 말했다.

"걱정 마, 엄마. 총명탕 잘 챙겨 먹고 운동도 많이 할게."

석주 얼굴은 입학생 대표 선서를 한 흥분으로 붉게 상기돼 있었다.

"아빠는 아들이 친구들하고 잘 지내고 공동생활도 잘할 거라고 믿는다."

아빠가 석주 등을 토닥였다.

"그럴게요, 아빠. 형한테 전화 오면 안부 전해 주세요."

아빠를 바라보는 석주 얼굴엔 신뢰와 존경이 가득했다. 석주의 롤 모델인 형은 지금 카투사로 군 복무 중이었다. 어제저녁 통화할 때 휴가 나오면 학교로 찾아오겠다고 했다.

"휴대폰이 없어서 연락도 자주 못 하겠네."

엄마가 벌써 서운한 얼굴로 말했다.

"기숙사에 공중전화 있잖아. 하루에 한 번씩 꼭 전화할게."

학교에선 정해진 시간에 전자 기기와 휴대폰을 쓸 수 있지만 기숙사엔 모두 반입 금지였다. 특목고를 다녔던 형은 요새도 그런 학교가 있느냐며 놀라워했다. 형처럼 의지가 강하지 못한 석주는 아예 집에서 휴대폰을 가져오지 않았다.

"그래. 그렇게 해, 아들. 그리고 필요한 거 있으면 바로 전화해. 엄마가 보내 줄 테니까."

"알았어, 엄마. 너무 걱정하지 마. 2주 있다가 갈 건데 뭘."

귀가는 학사 일정에 따라 한 달에 한두 번씩 있는데 첫 귀가는 입학 2주 뒤였다. 석주는 아들 둘을 모두 떠나보내고 적적할 엄마가 더 걱정이었다.

"그래. 그때 데리러 올게. 기숙사 방 좀 정리해 주면 좋겠는데 왜 못 하게 하는 거야?"

엄마는 기숙사 건물을 원망스러운 눈길로 바라보았다.

"아들 군대도 보낸 사람이 왜 이래. 이젠 방 정리도 스스로 해야지. 앞으론 석주 믿고 맡기자고."

아들의 배웅을 받으면 발길이 더 안 떨어질 것 같다는 엄마 말에, 석주는 먼저 뒤돌아 기숙사 건물 쪽으로 걸음을 옮겼다. 이곳을 떠날 때는 의대에 당당히 합격해 가족에게 자랑스러운 존재가 되겠다고 다짐하면서.

충북 영동에 위치한 태명고등학교는 전국에서 학생을 모집했고 명문대 합격률도 높았다. 석주는 중학교를 졸업할 때까지 상위권 그룹에 속하기는 했지만 안정적인 최상위권은 아니었다. 큰아들 석진의 입시를 성공시킨 엄마가 작은아들을 위해 계획한 프로젝트는 뱀 대가리 작전이었다. 작전은 성공해 석주는 배치고사에서 1등을 했고 입학식에서 학생 대표로 입학 선서까지 했다. 기분 좋은 출발이었다.

기숙사로 가던 석주는 창고 건물 앞에서 진돗개 곁에 쭈그리고 앉아 있는 한 아이를 보았다. 그 개는 석주가 태명고에서 가장 먼저 마음을 준 존재였다. 석주네도 주택에 살 때 진돗개를 키웠었다. 형과 석주는 그 개에게 석구라는 이름을 지어 주고 날마다 함께 놀았다. 그런데 어느 날, 대문이 열린 틈을 타 집을 나간 뒤 돌아오지 않았다. 입시 설명회 때 와서 처음 개를 본 순간 석구인 듯 반가워 진구라는 이름까지 붙여 줬다. 그런 개가 다른 애한테 꼬리를 흔들고 있는 모습을 보자 왠지 서운했다. 석주는 그 앞을 휙 지나쳐 기숙사 건물 안으로 들어갔다.

1층엔 방 외에도 사감실과 휴게실이 있었다. 기숙사 전체가 첫날의 수선스러운 설렘으로 가득했다. 석주는 계단을 겅중겅중 뛰어 2층으로 올라갔다. 공동 화장실과 샤워장이 복도 끝에 있었다. 방마다 문이 활짝 열려 있었고, 짐 정리를 하거나 떠드는 아이들이 보였다. 방의 정원은 네 명이었다. 입학식 하기 전에 방 배정을 겸한 학급 명단을 받아서 석주는 이미 같은 방을 쓰는 아이들 이름과 출신 지역을 알고 있었다. 석주 방인 205호 역시 활짝 열려 있었다.

"장석주, 멋져! 전교 1등이랑 한방 쓰고 영광이여."

석주가 들어서자 짐 정리를 하던 오한결이 반색했다. 전남 고흥에서 온 한결은 영화나 소설에 감초로 나오는 오지랖 넓은 캐릭터 같았다. 가까이하면 성가실 것 같아 석주는 적당히 거리를 두자고 마음먹었다.

"배치고산데 뭘."

안경다리를 추어올리며 겸손하게 말했지만 석주는 1등을 놓치지 않을 결심이었다. 학교장 추천 전형으로 서울대 의대에 합격하는 게 이 학교에 온 목적이었다.

"1등! 거기 내 가방에서 책 좀 꺼내 봐."

침대 2층 칸에 누워 만화책을 보고 있던 양근석이 방바닥에 놓인 가방을 가리키며 석주에게 말했다. 근석은 이 지역 아이였다. 부탁보다는 명령 같은 말투에 반감이 인 석주는 가만히 서 있었다. 그때 한결이 얼른 반쯤 열려 있는 가방에서 만화책을 꺼내 근석에게 건넸다. 첫날부터 만화책이라니. 석주는 이 지역 아이들의 수준이 의심스러웠다. 도의 지원을 받는 학교는 규정에 따라 도내 학생을 얼마 이상 뽑아야 하는데 양근석도 그중 한 명이었다.

공통점이라곤 없는 네 사람이 룸메이트가 된 건 가나다

이름순인 반 번호로 방을 배정했기 때문이다. 3년을 통틀어 한 번뿐인 반 번호순 방 배정은 학교가 학생들에게 처음이자 마지막으로 베푸는 인간적인 대우였다. 중간고사를 본 다음엔 반의 성적순으로 방 배치를 하고, 2학년부터는 학년 전체 성적순 배정이다.

네 명이 생활하기에는 조금 비좁았지만 학습실이 따로 있어 방에서는 잠잘 일밖에 없었다. 2층 침대 두 개와 사물함 네 칸은 자율 배정이었다. 침대 위 칸은 비행기 창가 자리처럼 보기는 좋아도 사용하기 불편한데 고맙게도 근석과 한결이 선점했다. 석주는 양쪽을 살피다 한결의 아래층을 택했다. 첫 대면에서부터 무례하게 구는 근석의 아래층에서 자고 싶지 않았다.

“윤지오는 왜 안 오지?”

한결이 정리하고 난 빈 가방을 사물함 위에 올려놓으며 말했다. 석주도 같은 서울 아이인 지오가 궁금했다. 방에 짐을 들여놓을 때는 지오가 없었고 입학식 때는 석주가 학생 대표로 맨 앞줄에 앉아 있느라 아직 만나지 못했다.

“느그들, 윤지오가 우리보다 한 살 많은 거 아냐?”

한결이 물었다.

"너는 어디서 알었냐?"

근석이 되물었다. 석주도 모르고 있었다.

"아까 담임 샘하고 얘기하는 거 들었는디 한 살 많대. 유학 다녀왔다던디."

한결은 유학 다녀온 게 대단한 것처럼 말했지만 신기할 일도 아니었다. 중학교 때도 반에 그런 애들이 심심찮게 있었다. 석주는 지오가 혹시라도 자기 성적을 위협하는 존재가 될까 봐 걱정됐다.

"그란디 그냥 막 이름 불러도 될까?"

한결은 그게 걱정인 모양이었다.

"같은 학년인데 이름 부르지 그럼 형이라고 하냐?"

근석이 끼어들었다. 한결과 근석의 서로 다른 억양을 듣고 있노라니 태명고가 전국구 모집 학교라는 실감이 났다.

그때 지오가 바지 주머니에 손을 넣은 채 어슬렁거리며 나타났다. 입학 첫날의 긴장감이라고는 조금도 없는 게 이미 이 학교에 1년은 다닌 아이 같았다.

"부모님 배웅허고 오냐?"

한결이 먼저 말을 거는 바람에 석주는 인사할 기회를 놓쳤다. 지오의 시선이 석주를 스친 다음 한결에게로 갔다. 무심한 눈빛이었다.

“부모님 안 오셨는데.”

눈빛과 걸맞은 무심한 말투였지만 석주는 익숙한 말씨를 듣는 것만으로도 반가웠다.

“그라믄 입학식에는 누구랑 왔는가?”

“혼자.”

“근데 어디 갔다 이제 와?”

석주가 자기도 모르게 물었다. 입학식에 혼자 온 건 물론 그새 학교에 시간 보낼 만한 곳이 생겼다는 게 신기했다.

“개랑 놀다. 내 자리는 여기야?”

지오가 턱짓으로 빈 침대를 가리키더니 벌렁 드러누웠다. 진돗개 곁에 앉아 있던 애가 지오였나 보다. 석주는 지오가 성적은 물론 개를 두고도 경쟁해야 할 상대로 여겨졌다. 유학은 어디로 갔다 왔는지, 영어 실력은 어느 정도인지 궁금했다. 하지만 지오는 석주의 관심을 차단하듯 눈을 감았다.

한결이 화장실에 간다고 나간 뒤 석주는 사물함 정리를 시작했다. 엄마가 워낙 세심하게 싸 놓아 그대로 사물함 안에 옮겨 넣기만 하면 됐다. 빈 트렁크를 자기 사물함 위에 올려놓고 나니 바닥에 널브러져 있는 근석의 가방과 아직 열어

보지도 않은 듯한 지오의 캐리어 가방이 신경 쓰였다.

"너희들은 가방 정리 안 해?"

석주가 말했지만 지오와 근석은 들은 척도 안 했다.

"짐 정리 다했응께 2층 공기 좀 맡어 봐야 쓰겄다."

방으로 돌아온 한결은 신이 나 침대 위층으로 올라갔다.

석주는, 앞으로도 전교 1등을 할 자신을 위해서는 아무런 배려도 없는 방 배정에 한숨이 나왔다. 편안한 환경에서 숙면을 취해야 학습 능률도 오르는 건데 걱정이 앞섰다. 석주는 쾌적하고 안락한 자기 방을 떠올렸다. 그런 집을 떠나 이곳에 온 이상 목적을 이뤄야만 한다. 앞으로는 엄마에게 웃는 일만 만들어 주고 싶었다.

큰이모 말에 따르면 석주는 세상에 없었을 아이였다. 자기 몸에 혹 덩어리와 새 생명이 동시에 찾아온 걸 알았을 때 엄마는 치료를 거부하고 석주를 택했다고 했다. 치료를 안 하면 배 속의 아기보다 엄마가 먼저 죽을지도 모르는 상황이었다. 엄마는 자기 목숨을 담보로 아기를 지켰고, 석주는 8개월 만에 제왕절개로 세상에 나왔다. 석주가 무사히 인큐베이터로 들어간 다음에 엄마는 수술을 받았다. 그러니 엄마한테 더 잘해야 한다고 큰이모는 석주를 볼 때마다 말했다.

석주는 좋은 성적으로 단번에 대학에 합격한 형에 비해 많이 뒤처졌다. 그런데도 자신을 사랑하고 믿어 주는 엄마에게 늘 미안하고 고마웠다.

없는 사람

아주머니는 평택에서 내렸다. 지오는 원래 자기 자리인 창가로 옮겨 앉았다. 그때 중년 부부가 와서 함께 앉게 자리 좀 바꿔 달라고 했다. 지오는 아저씨가 알려 준 자리로 갔다. 휴가 나온 듯한 군인 옆자리였다.

그사이 한결에게서 메시지가 왔다.

석주 유학 갔다는데

'지금 추풍령으로 유학 간 석주 만나러 간다.'

지오는 피식거리며 'ㅇㅇ' 하고 답장을 보냈다. 한결에게 석주 소재도, 그를 만나러 간다는 것도 말하지 않기로 했다. 동창들 사이에 유학 갔다고 알려져 있는 모양인데 굳이 사실을 밝히고 싶지 않았다. 프라이버시를 지켜 주고 싶을 만큼 석주를 특별하게 생각해서가 아니었다. 그저 호기심 많은 한결에게 들볶일 일이 귀찮았다.

그러니까 장석주는 지금 KTX는 물론 새마을호도 서지 않는 산골 어딘가에서 4수를 하고 있는 게 분명했다. 4수라니. 하지만 아주 특별한 케이스는 아니다. 지오는 입시 학원에서 5수 하는 형을 본 적도 있었다. 그 형의 부모는 '일류 대학병' 환자들 같았다. 석주는 본인이 환자일지 모른다. 지오는 석주가 하필 자신을 부른 이유를 알 것 같았다. 자퇴해 아이들과 연락이 두절됐기 때문이다. 석주가 원하는 사람은 자신의 4수를 소문내지 않을 만한 아이인 거다.

지오도 소문의 진원지가 돼 주목받고 싶지 않았다. 한결에게 말하는 순간 소문이 퍼질 게 분명하다. 한결의 입이 가벼워서가 아니라 비밀의 속성이 그렇다. 자기 비밀을 지킬 줄 모르는 사람은 남의 비밀도 어떻게 다뤄야 하는지 모른다. 지오는 태명고 아이들의 기억을 불러일으키는 짓을 하고 싶지 않았다. 그들에게 아예 없었던 사람이 되고 싶었다.

할 일이 없는지 한결에게서 바로 또 메시지가 왔다.

석주한테 뭐 있어?

지오는 답을 하지 않았다.

한결을 만난 건 지난 2월 말이었다. 휴학계를 내고 행정실을 나오던 길이었다. 아버지는 처음으로 지오의 결정을 반겼다. 아버지는 성적에 맞춰 입학한 지오의 학교와 학과를 못마땅해했다.

"나이도 있으니 얼른 군대 다녀와서 확실하게 장래 준비하도록 해."

아버지는 지오에 대해 많이 참고 있다고 여기겠지만 '나이도 있으니'로 그동안의 공을 깨부수고 말았다. 지오는 아버지가, 자신이 한국과 캐나다를 오가며 까먹은 1년과 재수한 1년만큼 경쟁에서 뒤처지고 있다고 생각한다는 걸 잘 알았다. 아버지는 지오의 휴학이 곧 입대라고 철석같이 믿었다. 지오는 그 믿음과 달리 입대를 미룰 수 있을 만큼 미루고 싶었지만, 현실로 다가온 군대를 생각하자 휴학을 한 게 잘한 짓인가 싶었다.

엉망인 성적표로 남은 지난 1년이 허망했다. 성적은 둘째 치고 대학에 들어오면서 아예 길을 잃어버린 느낌이었다. 대학 합격이 인생 최대의 목표였을 뿐 그 이후에 대해서는 생각하지 않았던 거다. 지오가 보기엔 같은 과 동기들도 마찬가지였다. 하나같이 운이 나쁘거나 실수해서 이 학교에 왔다는 아이들은 반수나 편입으로 학벌을 세탁할 생각들만 하고 있었다.

성공률이 희박한 목표나 꿈은 자기 위안에 불과할 뿐이다. 시작부터 열패감에 잠겨 시작하는 아이들에 비하면, 지오는 수도권에 있는 대학교에 합격했다는 것만으로도 만족했다. 하지만 아버지는 지오가 입학하기도 전부터 학점 잘 따서 상위권 학교로 편입하기를 바랐다. 1학년의 처참한 성적으로 그 가능성이 사라지자 아버지는 다른 목표를 세워놓고 지오를 닦달했다.

건물 밖으로 나서자 마음을 대변하듯 음산한 2월의 바람이 파고들었다. 그때 한결과 마주쳤다. 누가 먼저랄 것도 없이 동시에 알아봐서 피할 수도 없었다. 지오가 고등학교 동창을 만난 건 자퇴 후 처음이었다. 대학교에 와서 태명고 동문회를 한다는 게시물을 본 적이 있지만 졸업한 것도 아닌데, 하고 무시해 버렸다.

집에 가기 싫었던 지오가 먼저 제안해 둘은 학교 앞 술집으로 갔다. 고기가 익기도 전에 잔을 부딪치자고 보채던 한결은 소주를 한입에 털어 넣었다. 그리고 거푸 두 잔을 더 마신 뒤 잔을 탁자 위에 소리 나게 내려놓았다.

"아, 씨발. 솔직하게 말해야 쓰겄다. 너한테 첨 말하는 건데 비밀 지켜."

지오는 이맛살을 찌푸렸다. 그는 남의 비밀을 아는 게 부담스러웠다. 비밀의 무게만큼 상대를 마음에 둬야 하는 것도 싫었다. 하지만 이미 작정한 한결에게 그만두라고 할 수도 없었다. 가벼운 캐릭터인 게 그나마 다행이었다.

"나, 긍께, 그 학교 다녀. 그런데 학교가 아니고 부설 게임교육원이야. 오늘 2학년 등록하러 온 거야."

"게임 교육원? 우리 학교에 그런 게 있었냐?"

"있으니까 다니겄지. 게임하고 관련된 거 공부하는 덴데 나는 게임 시나리오 전공이야."

"너 그런 거 좋아했어?"

"게임이나 좋아했지 그런 걸 좋아했겠냐?"

"근데 그게 왜 비밀이야?"

"우리 집에선 내가 대학생인 줄 안께."

"그게 가능해?"

"우리 식구 중에는 대학 나온 사람이 없어서 잘 몰라."

한결의 식구를 만날 일은 없을 테니 비밀에 대한 부담도 줄었다.

"나중에 어떡하려고 그런 거짓말을 했냐?"

지오는 거짓말을 수습할 일이 남 일인데도 귀찮은 생각이 들었다.

"그라믄 어쩌냐? 서울에 있는 대학 떨어지면 고흥 내려와서 배를 타든지, 공무원 준비 하라는데. 공무원 준비도 싫고, 배 타는 것도 싫고, 고흥은 더 싫어."

편입에 대한 기대를 접은 지오 아버지는 행정고시를 들이밀었다. 9급, 7급도 아닌 5급 말이다. 제대로 걷지도 못하는 아이에게 못 걷겠으면 달리라는 거나 다름없다. 지오는 아버지가, 노력하면 고시를 패스할 수 있다고 정말로 믿는 건지 궁금했다. 변변한 운동화 한 켤레 없이 자기 구간을 1등으로 완주한 계주 선수 같은 아버지는 지오에게 바통을 넘기려고 했다. 강제로 다음 주자가 된 지오는 달리고 싶지도 않았고, 왜 달려야 하는지도 몰랐다. 아버지는 아낌없는 후원을 받으면서도 선두에 서지 못하는 아들을 이해하지 못했다.

"현대 사회에서는 직업이 계급이고 신분이야. 요새는 대기업보다 공무원이 더 안정적이고 확실해."

아버지는 자기 경험을 가지고 지오의 미래를 결정지으려고 했다. 아버지는 자식이 뭘 원하는지, 어떤 걸 좋아하는지 한 번이라도 물으려고 한 적이…… 아니, 궁금했던 적이 있을까? 자기가 아는 길이 정답이라고 확신하는 아버지를 대하면 지오는 숨부터 막혔다.

"너도 갑갑하다."

지오가 한결의 술잔에 잔을 부딪히며 말했다. 사실 자신의 처지도 진짜 대학생이란 걸 빼놓고는 한결보다 나을 게 없었다.

"갑갑하지. 그런데 그게 말야, 재미있더라고. 사실 우리가 게임 인생이 몇 년이냐? 게임함서 생각하던 것들이 많았거든. 글솜씨가 부족해서 힘들긴 해도 재밌어. 잘만 하면 대박 날 수도 있고. 대학 나온다고 취직 잘되는 세상도 아니잖아."

지금까지와 달리 한결의 눈이 빛났다. 그 모습을 보며 지오는 한결의 상황이 자기보다 낫다고 생각했다. 그들은 새로 따른 술을 원샷했다.

"너는 무슨 과여?"

한결이 물었다.

"사회학과."

"사회학과? 너, 그럼 사회가 어떻게 돌아가는지 겁나 잘 알겄다."

"1학년은 교양 과목이나 듣는 거지, 씨발. 뭘 알아?"

"그냐, 씨발. 우리 아버지는 졸업식 때 와서 아들 학사모 쓴 거 볼 생각하면 배 타는 게 신바람이 난다는디. 옆집 성규 형처럼 아들 학사모 씌워서 사진 찍어 줘야 하는디. 우리 아버지가 성규 형네한티 젤 부러운 게 그 사진이란다. 그 형네는 큰 배가 세 척이나 있는 부잔데 말여. 근디도 그게 젤 부럽대. 존나 웃김시롱 존나 슬프지 않냐?"

술이 들어가자 한결은 고향 말씨가 강해졌다. 지오는, 체육 대회 때였나 한결의 아버지가 냉동차로 회를 실어 와 반 전체가 먹었던 게 기억났다.

"씨발, 까라 그래. 그깟 학사모가 뭐라고."

둘은 마치 비속어가 둘의 우정을 불타오르게 하는 주술인 것처럼 연신 '존나', '씨발' 거리며 술을 마셨다.

처음

입학한 뒤 처음 맞는 일요일이었고 처음으로 외출을 하는 날이었다. 일주일 만에 처음으로 교문 밖을 나간다는 사실에 기숙사 안은 새벽부터 생기가 넘쳤다. 아침마다 시간에 쫓겨 투덕거리는 소리가 나던 샤워장에서도 오늘은 여유로운 웃음소리가 비누 거품처럼 부풀어 올랐다.

일요일마다 있는 외출은 아침 식사 후인 9시부터 나갈 수 있었고 오후 2시까진 돌아와야 했다. 지난 일주일 동안 아이들은 일찍 일어나 단체 체조를 한 뒤 아침 먹고 학교에 가서 오전 수업을 듣고 점심 먹고 오후 수업을 들었다. 그리고 저녁 식사 후에 약간의 자유 시간을 가진 뒤 야간 자율 학습을 하고 밤 10시에 기숙사로 돌아왔다.

기숙사 규정은 세세하고 엄격했다. 규정을 어겨서 벌점이 차면 타 지역 학생이라고 해도 기숙사를 나가야 했다. 기숙사를 담당하는 사감은 유격대원 출신이라고 했다. 이제 막 어미 닭 날개 밑에서 나온 햇병아리 같은 1학년들은 사감이 매끈하게 다듬어진 지휘봉을 들고 지나만 가도 알아서 바짝 얼었다.

입학 첫 주의 긴장되고 어수선한 분위기 속에서도 아이들은 벌써 읍내 어떤 피시방 시설이 좋거나 이용료가 싼지, 어느 교회나 성당에 여학생들이 많은지에 대한 정보를 공유했다. 그리고 각자 구미에 맞는 일정을 택해 (대부분은 피시방 행이었지만) 외출 계획을 짰다.

"장석주, 너 준비 안 하고 뭣 허냐?"

문 옆에 걸린 거울 앞에 서서 집에서부터 챙겨 온 도수 없는 안경을 썼다 벗었다 하던 한결이 아직 침대에 누워 있는 석주에게 말했다.

전교 1등인 석주, 영동 토박이라는 배경과 완력을 과시하는 근석, 한 살 많은 데다 매사에 시니컬한 지오는 팽팽한 기세로 트라이앵글을 이루고 있었다. 한결이 막대가 돼 이리저리 소리를 울리고 다녔다. 그게 듣기 좋은 화음을 만드는지는 모르겠지만 그 덕분에 팽팽한 분위기에 틈이 생기는 건 사실이었다.

"어, 나 안 나갈 건데. 좀 쉬다 책 좀 보려고."

석주가 성가시다는 표정으로 말했다.

"무슨 책을 또 봐? 대그빡도 하루쯤은 비워 줘야 들어가제. 첫 외출인데 같이 가서 놀자."

한결이 졸랐다.

"피시방 갈 거 아냐? 난 게임 안 해."

안 봐도 뻔한 외출에 동참하고 싶지 않았다.

"뭐? 게임을 안 한다고? 인간 맞냐? 나는 일주일 안 했더니 금단 현상이 와서 손이 덜덜 떨리는디. 니가 아직 게임 맛을 못 봐서 긍가 보다. 나가 재밌는 게임 가르쳐 줄 텐게 같이 가자."

한결은 끈덕졌다.

"그만해. 애들 없을 때 엄마랑 실컷 통화하려나 보지."

아침 식사 후 사물함에서 가져온 휴대폰을 들여다보던 지오가 말했다. 일요일 2시까진 자유롭게 쓸 수 있었다. 석주는 휴대폰을 집에 두고 온 걸 잠깐 후회했다. 지오 말이 맞았다. 석주는 다른 사람 신경 쓰지 않고 마음껏 엄마와 통화하고 싶었다. 처음 하는 공동생활로 인한 스트레스 때문에 변비와 배탈이 반복되고 있었다. 룸메이트 중에서 마음에 드는 아이는 단 한 명도 없었다.

근석은 (태명고에 어떻게 들어왔나 싶게) 무식했고, 지오는 (태명고에 왜 왔나 싶게) 제멋대로였으며, 한결은 (태명고에 어울리지 않게) 만사태평이었다. 근석은 이 지역 졸업생이라서, 지오와 한결은 특별 전형으로 왔다니까 중학교 성적이 상위 10퍼센트 안에 드는 아이들은 아니었다. 따지고 보면 배치고사에서 1등 한 것도 이런 아이들 덕분이고, 앞으로도 자기 밑을 깔아 줄 아이들이지만 한방을 쓰기는 괴로웠다.

그 애들은 석주가 어울려 본 적이 없는 부류들이었다. 석주는 영어 유치원을 나와 초등학생 때부터 엄마가 엄선해서 만들어 준 그룹의 아이들과 과외를 받고, 악기나 운동을 배웠다. 중학교 때까지 그랬고, 같이 어울렸던 아이들은 대부분 특목고나 자사고에 갔다. 사실 그들 중 성적이 가장 안 좋았던 석주는 전교 1등이 처음이었다. 비록 배치고사라 할지라도 세상을 다 가진 듯한 그 기분을 계속 맛보고 싶었다.

석주는 빨리 중간고사를 봐서 성적순대로 방을 쓰고 싶었다. 상위권 아이들 중에는 석주처럼 휴대폰을 안 가져온 아이들도 있었다. 그런 아이들과 한방을 쓴다면 눈총받지 않고 공부나 대학 이야기를 나눌 수 있을 거다. 공중전화로 엄마에게 이런 푸념을 늘어놓기는 어려웠다. 그래서 아이들이 외출한 뒤 마음 놓고 전화하려던 건데 지오한테 들켰다. 석주는 그의 은근한 조롱이 마마보이라고 대놓고 비웃는 것보다 더 기분 나빴다.

"누가 그런대?"

석주는 발끈해서 쏘아붙였다. 그러면서도 풍부한 경험과 정보를 가진 엄마 말을 따르는 게 왜 놀림당할 일인지 잘 이해되지 않았다.

지오는 대꾸 대신 벌떡 일어나더니 코트를 걸치곤 목에 머플러를 감았다. 그것만으로도 스타일이 확 살았다. 석주는 누운 채로 자기보다 10센티미터는 더 큰 지오의 뒷모습을 힐끔거렸다. 다들 외출하는 마당에 우중충한 기숙사에 혼자 남을 걸 생각하니 갑자기 처량한 기분이 들었다. 마침맞게 한결이 또 한 번 졸라 주었다.

"알았어. 피시방 가서 EPL 경기나 봐야겠다."

석주는 못 이기는 척 일어나 후다닥 옷을 갈아입었다. 교복이나 체육복 바지가 아닌 청바지만 입었는데도 기분이 새로웠다. 아이들이 들뜬 이유를 알 것 같았다.

"근데 양근석은 어디 갔냐?"

방을 나가면서 지오가 물었다.

"일찍도 찾는다. 아침도 안 먹고 나가 부렀는디. 양근석은 좋겄다, 외출 때마다 집에 갈 수 있고 말여."

석주는 한결의 말에 백 퍼센트 공감했다. 영동 아이들은 대부분 집에서 통학했다. 기숙사 방이 모자라 성적순으로 자르는 데다 기숙사비며 식비와 야식비 등 들어가는 돈이 만만치 않았다.

"근데 갸는 왜 집에서 안 댕기고 기숙사로 왔나 모르겄네."

집이 가장 먼 한결이 고개를 갸웃거렸다.

"척 보면 모르겠냐? 집에서 게임만 해 대고 꼴통 짓 하니까 기숙사에 처넣은 거지."

지오가 피식 웃으며 말했다.

"네가 그걸 어떻게 알아?"

석주의 물음에 지오는 대답하지 않았다.

기숙사를 나온 석주는 지오 쪽을 힐끗 보곤 진구라고 이름 붙인 개한테로 다가갔다. 지오가 듣고 놀릴까 봐 이름을 부를 수는 없었다. 석주는 펄쩍펄쩍 뛰는 진구에게 매점에서 사 놓은 소시지를 까 주었다. 지오가 못 본 척하며 한결에게 말했다.

"택시 불러야 하는 거 아냐?"

"여기 애들이 그라는디 일요일에는 교문 앞에서 택시들이 기다린대. 요금을 따로따로 받는 기사가 있응께 조심하래."

"씨발, 바가지 씌울 데가 없어서 고딩들한테 씌우냐."

지오는 앞장서 휘적휘적 걸었다. 한결이 종종걸음으로 지오를 따라가며 뒤처진 석주를 불렀다.

한결의 말대로 교문 앞에는 택시들이 줄지어 서 있었다. 그들은 맨 앞의 택시를 탔다. 지오가 앞자리에 앉고 석주와 한결이 뒷자리에 탔다. 기사가 자기도 태명고 출신이라며 아는 체를 했다.

"나 다닐 때는 똥통 학교였는디 이렇게 전국에서 학생들을 뽑아 오는 학교가 될 줄 누가 알았겄어. 전태룡이가 인수하고 나서 명문 학교를 만들었어."

전태룡 이사장은 이 지역 출신 사업가이자 국회의원을 3선이나 한 인물이라고 했다. 기사와 한결 사이에 이야기가 더 오고 갔지만 석주는 택시비를 어떻게 내야 할지가 더 신경 쓰였다. 미터기를 보니 7천 원 정도 나올 것 같았다. 석주는 자기가 3천 원을 내고 둘한테 2천 원씩 내라고 할까 고민이 됐다. 천 원 더 내는 거지만 부모님이 늘 말씀하셨다. 베풀고 사는 게 좋은 거라고.

기사는 번화가에 아이들을 내려 주고 7천 3백 원 중에서 3백 원을 깎아 주었다. 석주가 지갑을 꺼내려는데 지오가 앞에서 7천 원을 다 냈다.

"고맙다잉."

"고맙기는. 이따 피시방비는 너희들이 내."

한결의 말에 지오가 대꾸했다. 석주는 오는 내내 머리 굴린 게 무안해졌다. 지오는 1년을 더 살아서 그런지 삶에 대한 순발력이나 대응력이 좋은 것 같았다.

읍내에서 택시를 내린 아이들은 도시 구경을 처음 하는 사람처럼 두리번거렸다. 입학식 날 석주는 가족과 함께 읍내에서 점심을 먹었다. 그때는 한적하고 썰렁하게만 느껴졌던 읍내 거리가 강남 한복판 못지않아 보였다. 지나다니는 여자들도 다 예뻐 보였다. 지오가 시간 아깝다며 채근하는 바람에 석주와 한결은 정신을 차리고 피시방으로 갔다.

여기저기 태명고 아이들이 눈에 띄었다. 그들은 팀을 짜거나 각자 게임 삼매경에 빠져 있었다. 석주가 몇 년 만에 와 보는 피시방에 어리바리하고 있는 사이 한결이 무인 정산기로 세 시간짜리를 결제했다.

"점심은 석주 니가 사라."

석주는 점심값보다 피시방에서 흘려보낼 세 시간이 더 아까웠다.

한결과 지오가 함께 슈팅 게임을 하는 동안 석주는 축구 경기를 보았다. 석주가 대학에 가면 삼부자가 함께 영국으로 축구를 보러 가는 게 아빠 꿈이었다. 석주 꿈은 아빠, 그리고 형과 동문이 되는 거였다.

세 시간이 지났다. 지오와 한결은 먹던 사탕을 뺏긴 아이 같은 표정으로 일어섰다.

"피시방 시계는 왜 이렇게 빠른지 모르겄다."

한결이 툴툴거렸다. 아깝다고 생각했던 처음과 달리 석주에게도 세 시간은 빠르게 흘러갔다.

셋은 햄버거를 먹기로 했다. 유기농 재료로 만든다는 식당 밥을 먹을 때마다 아이들은 햄버거와 피자, 치킨을 그리워했다. 지오와 한결은 7천 원짜리 세트 메뉴를 주문했다. 택시비와 피시방비에 비해 훨씬 비싼 햄버거값에 덤터기 쓴 기분이 들려는 순간 지오가 석주에게 5천 원을 건넸다. 한결이 주머니를 뒤져 건넨 3천 원까지 더하자 오늘 셋이 쓴 돈의 액수가 엇비슷해졌다.

자리를 찾던 아이들의 시선이 동시에 한곳으로 쏠렸다. 집에 들렀다 나온 듯 옷을 갈아입은 근석이 아니라 그 옆에 앉은 여자애한테였다. 한결이 근석의 옆 테이블로 가는 바람에 지오와 석주도 어쩔 수 없이 따라갔다.

"실컷 놀았냐?"

근석이 빙글거리며 먼저 아는 척을 했다.

"친구들이야?"

여자애가 호기심 어린 목소리로 물었다. 그 목소리가 사탕처럼 달콤했다.

"한방 쓰는 애들. 얘는 내 여친."

근석은 소개하는 게 오글거리는지 대충 말했다.

"소개를 할 거면 제대로 해. 안녕하세요? 저는 윤지오예요."

지오가 학교에서와 달리 적극적인 자세로 인사를 했다.

"아, 안녕하세요? 저는 장석주요."

석주는 꾸벅 인사까지 했다.

"찌질해 보이지? 근데 전교 1등으로 들어왔다."

"반전이네. 안녕하세요?"

"안녕하셔요? 지는 한결같은 남자 오한결입니다."

한결이가 마지막으로 인사했다.

"재밌다. 반가워요."

"재네는 배가 두 척이나 있대."

근석이 부연 설명을 했다. 평소에는 관심 없는 척하더니 알 건 다 알았다.

"부자네. 그럼 저 친구는? 다른 애들처럼 말할 거 없어?"

근석의 여친이 지오를 가리켰다. 근석이 지오를 힐끗 바라보더니 말했다.

"한 살 많아."

"어머, 그럼 나랑 같네. 그런데 왜 1학년이에요? 꿇었어요?"

"유학 댕겨왔어요."

한결이 냉큼 나서서 말했다.

"그렇구나. 참, 난 영진고 2학년 김성은이에요. 근데 혹시 여친들 있어요? 없으면 소개해 줄까요?"

성은이 불쑥 물었다.

"뭐 하는 겨? 관둬."

당황한 근석이 제지했지만 성은은 아랑곳하지 않았다.

"왜애. 후배들 소개 시켜 줄게."

"누나만큼 이뻐요?"

한결이 물었다.

"당연하죠. 만나 볼래요?"

성은의 눈길이 적극적인 한결을 거쳐 지오, 석주에게로 왔다. 석주는 때맞춰 나온 햄버거로 시선을 돌렸다. 연애나 하려고 여기까지 온 게 아니다.

한결이 신이 나서 이상형을 읊어 댔다. 성은이 적절히 추임새를 넣으며 이야기를 이끌어 갔다. 이성이 한 명 끼자 분위기는 콜라처럼 톡 쏘면서도 달달해졌고 시간 또한 빨리 사라져 갔다.

택시 정류장은 귀가하려는 태명고 학생들로 붐볐다. 줄을 서기 위해 걷던 석주가 짧은 비명을 지르며 멈춰 섰다.

"왜? 뭐 잊어뻔졌냐?"

한결이 물었다.

석주는 하마터면 엄마한테 전화하는 걸 잊었다고 말할 뻔했다. “아무것도 아니야.” 하며 다시 걸음을 떼었지만 가슴에 바윗덩이가 털썩 얹힌 것 같았다. 기숙사를 나오기 전이나 나온 뒤라도 엄마에게 상황을 알렸어야 했다. 그동안 아들 전화를 기다렸을 엄마를 생각하니 너무 미안했다.

그들만의 리그

기차가 천안역에 멈춰 섰다. 큰 역이어선지 내리는 사람들이 많았다. 차창 밖을 내다보던 지오의 눈이 한곳에 머물렀다. 이별하는 연인이었다. 남자가 기차를 탈 예정이고 여자는 배웅 나온 모양이었다. 둘은 마주 잡은 손을 쉽사리 놓지 못했다. 기차가 출발할 즈음에야 여자가 먼저 손을 풀었지만 남자가 다시 잡았다. 남자는 여자 볼에 입 맞춘 다음 지오 시야에서 사라졌다. 여자는 아쉬운 표정으로 출발하는 기차를 향해 손을 흔들었다. 연인을 태운 기차는 그녀 앞을 매정하게 지나쳤다.

잠시 뒤 남자는 지오가 탄 칸의 문을 열고 나타났다. 그는 입구에 서서 자기 표와 선반에 표시돼 있는 좌석 번호를 살피더니 성큼성큼 걸어와 군인이 내린 자리에 앉았다. 무심한 표정으로 지오를 일별하곤 태블릿 피시를 꺼내 업무를 보기 시작했다. 지오는 남자가 멋있어 보였다. 연인과 있을 때는 누구보다 사랑에 충만한 모습이었다가, 헤어지고 나서는 곧바로 자기 일을 할 수 있는 사람.

지오는 저기서는 여길 못 잊고 여기서는 저길 바라보며 살았다. 대학 입학 뒤 지오는 고등학교가 아닌 입시 학원에서 만났던 친구들과 어울려 놀았다. 아버지가 지오의 대학과 학과에 조금이라도 기대를 가졌다면 그토록 흥미를 잃지는 않았을 거다. 열심히 해 봤자 아버지한테 비웃음이나 살 거란 생각이 들면 그게 뭐가 됐든 하기도 전에 싫어졌다.

지오를 돈과 시간을 낭비하는 한심한 인간으로 취급하던 아버지는 1학기가 끝나기도 전에 열심히 공부할 거 아니면 군대부터 다녀오라고 종용했다. 이제 20대 초반의 아들에게서 자신이 그동안 부었던 적금을 높은 이자까지 쳐서 받아낼 심산인 것 같았다. 그뿐 아니라 캐나다에 있는 엄마와 동생 지윤에게 받아야 할 것까지 지오에게 요구하고 있었다.

집과 아버지를 벗어나려면 군대에 가는 길밖에 없는데 그곳도 결코 가고 싶지 않은 곳이었다. 지오는 대학생이 돼서도 기숙 학교와 집 사이에서 주춤거리던 고등학생 때와 다를 바 없었다. 지오의 생각을 알기라도 한 듯 아버지한테서 일어났느냐는 메시지가 왔다. 휴학한 뒤론 거의 아버지가 잠든 후 귀가하고 아버지가 출근한 다음에 일어났다. 일어났다고 답을 하면 잔소리가 시작될 것이다. 답을 하지 않자 이번엔 벨이 울렸다.

지오는 오늘 일을 아버지에게 말하지 않았다. 외박에 대한 핑계까지 궁리하는 사이 전화가 끊겼다. 통화는 할 말을 정리해 놓은 뒤에 하는 게 나았다. 버벅거리기라도 하면 태도까지 비난받아야 한다. 4수 하는 동창을 만나러 간다고 하면 아버지가 어떤 표정을 지을지 상상하기도 싫었다.

아버지는 친구조차도 전략적으로 사귀어야 한다고 생각했으며 그게 성공의 비결이라고 굳게 믿고 있었다. 가난한 집안에서 힘들게 성공한 아버지가 가장 부러워하는 건 부와 명예를 타고난 사람들이 가진 그들만의 리그였다. 아버지가 무리해서 지오와 지윤을 조기 유학 보낸 것도 그래서였다. 이란성 쌍둥이인 지오와 지윤은 열네 살 때 캐나다로 갔다.

그 뒤 지윤은 캐나다 명문 대학에 입학해서 잘난 사람들과 동문이 됐으니 성공한 셈이다. 아버지에게는 오랜 이별로 딸과의 사이가 데면데면해지는 건 문제가 아니었다. 딸이 명문대라는 '리그'에 입성했다는 게 중요했다.

지오는 가끔 생각했다. 돌아오지 않고 캐나다에서 대학에 다니고 있다면 지금보다 자랑스러운 아들이 됐을까? 물론 그곳에 있었다고 해도 지윤처럼 좋은 대학엔 가지 못했을 거다. 그럼 더 노골적으로 비교를 당했겠지. 아버지에게 현재의 지오는 루저였다. 아버지의 생각을 바꿀 방법은 고시에 합격하는 길뿐인데 지오에게는 우주 비행사로 뽑혀 달에 다녀오는 것만큼이나 가망 없는 일이었다. 아버지와 지오 사이에도 지구와 달 사이만큼이나 거리가 생겼다. 이젠 함께 밥 먹는 일도 거의 없었다.

다시 진동음이 울리기 시작했다. 지오는 잠든 옆 사람을 힐끗 본 뒤 전화를 받았다.

"지원했냐?"

전화가 연결되자마자 아버지의 목소리가 주먹처럼 튀어나왔다. 아버지는 휴학한 지오에게 한시바삐 입대하기를 채근했다. 목표도 계획도 없이 집에서 빈둥거리는 꼴은 절대 볼 수 없다는 말도 그때마다 덧붙였다.

"아, 아뇨. 아직."

상반기 지원자는 다 찼기 때문에 현재로선 병무청 홈페이지에서 날마다 확인해 봐야 한다. 지오는 아버지에게 대답하기 위해 불안한 마음으로 들어갔다가 '결원 없음'에 안도의 숨을 내쉬곤 했다.

"하루라도 빠른 날로 신청해. 오늘 중으로 해 놔."

"그게 지금 어디를 가고 있는 중이라서……."

"어딜 가는데?"

"친구, 고등학교……."

아버지는 지오의 말이 다 끝나기도 전에 전화를 끊어 버렸다. 기분이 확 나빠지면서 흡연 욕구가 솟구쳤다. 담배를 못 끊는 것도 의지박약이라며 금연을 명령했지만 이런 아버지 때문에 끊을 수가 없었다. 지오는 아버지를 대할 때의 자신이 가장 자기답지 않은 것 같았고, 주눅 들어 절절매는 스스로가 보는 사람이 없어도 굴욕적이었다.

흡연 욕구를 잊으려면 무언가를 먹어야 했다. 객실을 나갔다 다시 돌아온 지오는 선반에서 기타를 내렸다. 고등학교 때 기차에서 걸어 놓았던 점퍼를 잃어버린 기억이 나서였다. 지오는 기타를 들고 입석 칸으로 가며 휴대폰 전원을 꺼 버렸다.

지오는 자판기에서 이온 음료를 하나 샀다. 그리고 창가의 바 테이블에 앉아 음료수를 마셨다. 음료가 들어가자 담배 생각이 조금 가라앉는 것 같았다. 폭넓은 창을 마주하고 있으니 스쳐 지나가는 산과 들이 영화 속 풍경 같았다.

지오가 담배를 처음 배운 건 캐나다에서 돌아온 중3 때였다. 아버지에게 들켜 끊었다가 입시 학원 다닐 때 다시 피우기 시작했다. 학원에서 지오는, 성적을 올리겠다는 의욕보다는 대학 레벨 확정을 1년 유예하는 데 더 큰 의미를 둔 아이들과 어울렸다. 그들은 자기 신분을 재수생이 아닌 '죄수생'으로 칭하면서도 공부보다는 다른 것에 더 열의를 보였다. 학원과 친구들이 아주 만족스러웠던 결과, 지오는 원서 냈던 대학을 모두 떨어졌다. 아버지는 지오를 볼 때마다 못마땅한 기색으로 혀를 차곤 했다.

대학에 떨어져 가장 괴로운 사람은 지오 자신이었다. 사흘째 만취해 들어간 날, 아버지는 지오의 기타를 부숴 버렸다. 지오는 지난해 내내 고민했던 실용음악과에 관한 이야기를 꺼내 보지도 못하고 포기해 버렸다. 그 과에 가려면 재수 학원보다 실용음악 학원이 더 급했지만 아버지를 설득할 자신이 없었다. 무엇보다 그나마 좋아하는 세계가 아버지에게 훼손당하는 걸 원치 않았다. 그렇게 되는 건 기타만으로도 충분했다.

재수를 하게 된 지오는 자신의 생애 중 가장 열심히 공부한 끝에 수도권에 있는 대학에 붙었다. 하지만 아버지는 조금도 성에 차지 않아 했다. 아버지가 인정할 수 있는 마지노선은 서울 중상위권 대학의 행정학과나 경영학과였다.

"오빠, 그만하면 잘 갔지. 거기도 못 가는 애들이 얼마나 많은데."

지오의 합격을 축하해 주러 온 작은고모가 말했다. 아이가 셋인 데다 고모부와 작은 사업체를 운영하는 큰고모는 1년에 한두 번 보기도 어려웠다. 그 자리를 메꾸듯 작은고모는 지오네를 더 챙겼다.

아버지와 단둘이 사는 지오네 집은 일주일에 한 번씩 오는 가사 도우미 덕에 웬만큼 굴러갔다. 처음엔 전기밥솥에 밥을 해 먹다가 둘 다 밖에서 해결하고 오는 날이 많아지자 아버지는 냉동 즉석 음식들을 잔뜩 주문해 놓았다. 작은고모는 가끔 집에 들러 지오와 아버지를 찌개나 고기 굽는 불판이 놓인 식탁으로 불러 모으곤 했다. 그날도 마찬가지였다. 덕분에 지오는 대학에 합격했으면서도 아버지 앞에 죄인처럼 앉아 있어야 했다.

"고작 그런 데 가라고 캐나다로 내보낸 줄 알아? 지들한테 들어간 게 얼만데. 그 돈이면 건물을 사고도 남았어."

아버지가 울분에 찬 목소리로 말했다. 지오는 식탁을 박차고 일어서고 싶은 걸 간신히 참았다. 자리를 만든 고모를 봐서이기도 했지만 아버지가 잃은 게 돈뿐만이 아님을 알아서였다.

"오빠, 나는 지오가 고맙기만 하네. 우리나라 입시가 좀 힘들어? 캐나다에 있었으면 이만큼 고생 안 하고도 대학 갔겠지."

고모가 지오 마음을 알겠다는 듯 등을 쓸어 주며 말했다. 그뿐인데 이상하게 참을 만해졌다.

"그러게 누가 오랬냐고."

반겨 주는 사람도 없는데 왜 왔을까? 다시 그 상황으로 돌아가면 또다시 같은 결정을 하게 될까? 하지만 캐나다도 머물고 싶은 곳은 아니었다.

“오빠, 지오 와서 좋잖아. 그런데 왜 그런 식으로 말해? 중년 남자들이 왜 여자들보다 외로운 줄 알아요? 자기 마음 표현하는 방법을 못 배워서 그래.”

고모 말에 아버지는 언짢은 기색으로 고개를 돌렸다. 아무튼 아버지는 지치지도 않고 지오를 못마땅해했다.

창가에 멍하니 앉아 머릿속에 떠오르는 기억들을 남의 것인 양 보고 있던 지오는 사람들이 많아지자 자리에서 일어섰다. 기차는 막 조치원역을 출발했다.

봄바람

이번 주말은 집에 가는 주였다. 석주는 입학한 뒤 처음으로 귀가가 기다려지지 않았다. 오늘로 끝난 중간고사 때문이었다. 아직 자기 점수밖에 모르지만 모의고사 때보다 등수가 오를 것 같진 않았다. 석주는 3월에 본 첫 모의고사에서 전교 12등을 했다. 8등까지 모두 수도권에서 온 아이들이 휩쓴 걸 보면 석주만 뱀 대가리 작전을 짠 게 아닌 모양이었다. 내신이 좋지 않으면 여기까지 온 보람이 없다.

석주는 집에 가지 않기로 결정했다. 부모님에게 혼날까 봐서는 아니었다. 엄마 아빠는 이해심이 많고 관대했다. 보통

부모들 같았으면 석주를 끌찌로라도 특목고나 자사고에 보내 놓고 성적을 올리라며 들볶았을 것이다. 하지만 엄마 아빠가 요구하는 건 최선이었지 최고가 아니었다. 그래서 부모님 보기가 더 미안했고 공부와 연관되지 않는 일로 보내는 시간들은 불안했다.

석주는 시험 둘째 날 수학 시험을 망쳤을 때 이번엔 귀가하지 않기로 마음먹었다. 엄마에게는 시험 끝난 기념으로 아이들과 영동 읍내에서 놀고 친구네에서 잘 거라고 했다. 하지만 기숙사에 몰래 남아 있을 작정이었다. 아들이 거짓말을 할 거라곤 꿈에도 생각하지 않는 엄마 덕분에 쉽게 넘어갔다. 엄마는 석주가 교우 관계까지 원만한 걸 기뻐하며 통장에 넉넉하게 용돈을 넣어 주기까지 했다.

엄마의 믿음을 이용하고 배신하는 게 죄스러웠지만 지금 석주에게 필요한 건 혼자 있을 시간이었다. 학교에선 혼자 있는 시간이 단 한 순간도 없었다. 그게 그렇게 힘든 일인 줄 알았더라면 태명고에 오지 않았을 거다. 집에 가도 마찬가지였다. 엄마는 물론 아빠까지 모든 일을 미룬 채 그동안 떨어져 있었던 아들과 함께 시간을 보내려고 했다. 그리고 학교와 기숙사 생활을 시시콜콜한 것까지 알고 싶어 했다. 이번엔 시험까지 치른 다음이라 궁금한 게 더 많을 것이다. 석주에겐 귀가가 점점 학교라는 사회에서 집이라는 또 다른 사회로의 이동처럼 느껴졌다.

금요일, 마지막 시험을 보고서도 7교시까지 자습한 뒤에 귀가할 수 있었다. 석주는 매점에서 미리 컵라면과 빵과 우유를 사다가 사물함에 감춰 놓았다. 비상용 랜턴도 챙겨 두었다. 텅 빈 기숙사에 혼자 있을 걸 생각하면 무서웠지만 밖에서 문을 잠글 테니 세상 어디보다 안전할 거다. 들키지 않고 남는 게 관건이었다. 퇴실 시간이 다가올수록 심장이 점점 크게 뛰었다.

밖에서는 시험이 끝났다는 해방감과 귀가한다는 기쁨에서 오는 광적인 소음들이 건물을 뒤흔들고 있었다. 얼핏 그 무리에 속하지 않은 데서 오는 소외감과 외로움이 가슴을 스치고 지나갔다. 언제 어디에서든지 주류에 속했던 석주로서는 처음 경험하는 감정이었다. 평소처럼 아이들 틈에 섞여 누구보다 신나게 집으로 가고 싶은 충동이 일었다. 하지만 모든 관심과 시선과 스스로 느끼는 강박에서 잠시라도 벗어나고 싶다는 생각도 그 못지않게 강렬했다.

소음이 점점 잦아들었다. 그때까지도 지오는 나가지 않고 있었다. 석주는 자신의 일탈을 아무한테도 들키고 싶지 않았다. 기숙사 폐문 시간이 5분 남았을 때 석주는 하는 수 없이 빈 책가방을 둘러멨다. 화장실에 가서 숨어 있다 기숙사 문이 잠긴 뒤 방으로 되돌아올 셈이었다. 막 나가려는데 방문이 벌컥 열리며 사감이 모습을 드러냈다.

"어? 너희들 여태 안 나가고 뭐 해?"

석주는 당황했다. 사감이 일일이 방을 점검할 거라고는 예상하지 못했다.

"지금 가려고요."

그때까지 뭉그적거리던 지오가 벌떡 일어나 문께로 갔다.

"짐은 없어?"

사감이 지오를 의심스러운 눈길로 살피며 물었다.

"없어요."

지오는 사감을 지나쳐 밖으로 나갔다. 석주도 얼른 사감에게 인사하고 따라 나갔다. 2층 화장실로 가기는 늦었으니 1층 화장실로 가서 숨는 수밖에 없었다. 그런데 사감이 바로 뒤따라오는 바람에 석주는 어쩔 수 없이 기숙사 밖으로 나갔다.

지오와 따로 갈 기회를 찾지 못한 석주는 적막해진 교정을 나란히 걸었다. 속이 복잡했다. 곧 문이 잠길 테니 기숙사로 되돌아가기는 글렀고 교실에서 지내는 것도 불가능했다. 나름대로는 치밀하게 세운 계획이 허무하게 무너지자 막막했다. 여전히 따로 갈 명분을 찾지 못한 석주는 지오와 함께 교문 앞에서 택시를 탔다. 지오가 앞에 탄 덕에 나란히 앉아 가지 않아도 돼 다행이었다.

"역으로 갈 거지?"

기사가 지오를 보며 물었다. 지오가 석주에게 확인도 하지 않고 그렇다고 했다. 시외버스는 차편이 드물어 타지 아이들은 거의 기차를 이용했다.

둘은 역에 도착할 때까지 아무 말도 하지 않았다. 석주는 이제 어떻게 해야 할지 머릿속이 복잡했다. 역까지의 택시비는 공인된 6천 원으로 미터기도 작동시키지 않았다. 석주는 잔돈이 있어서 다행이라고 여기며 기사에게 택시값 절반인 3천 원을 건넸다.

역 앞에서 내린 석주는 일단 지오와 헤어지는 게 우선인지라 부러 늑장을 부렸다. 그런데 지오는 역사로 들어가는 대신 석주와 시합이라도 하듯 미적거리고 있었다. 석주는 힐끔거리다 지오와 눈이 마주쳤다. 자칫하다간 억지로 서울행

기차를 탈 것만 같았다. 서울까지 가서 집에 안 들어가기는 더 어려웠다. 사실 엄마 몰래 갈 곳도 없었다.

"너 혹시 어디로 쨀라 그러는 거냐?"

세 번째로 눈이 마주쳤을 때 지오가 물었다. 석주는 찔끔했다. 아무에게도 알리고 싶지 않았지만 기차를 타지 않으려면 시인하는 수밖에 없었다. 문득 지오도 자기와 같은 계획인지 모른다는 생각이 들었다.

"너도?"

석주는 물음으로 대답을 대신했다.

"뭐 할 건지 계획은 있냐?"

지오 역시 질문으로 시인했다.

"원래는 기숙사에 남아 있으려고 했는데 너 때문에 틀어졌어."

석주는 누구 탓이라도 하고 싶었다.

"뭐가 나 때문이야? 사감한테 걸려서 나온 거잖아. 암튼 잘 지내고 낼 보자."

지오가 돌아섰다. 그러곤 확실한 계획이 있는 것처럼 성큼성큼 걸어갔다. 석주는 애초부터 함께 일탈을 모의했다 혼자 남은 것처럼 허전해졌다. 지오가 부러웠고, 따라가고 싶었다. 같이 가자고 할 걸 그랬나. 일단 영동을 벗어나고 싶었지만 갈 데도 아는 데도 없었다. 그때 지오가 다시 석주 쪽으로 다가왔다. 석주는 여전히 그 자리에 서 있는 게 창피해 책가방을 벗어 뒤지는 시늉을 했다. 옆으로 온 지오가 "야." 하고 석주를 불렀다.

"어? 아직 안 갔어?"

석주는 그제야 지오를 본 척했다.

"너, 자전거 탈 줄 알아?"

"자전거 못 타는 사람도 있어?"

"운동장 같은 데 말고 도로에서도 탈 수 있냐고."

"당연하지."

석주는 아빠, 형과 함께 양평까지 자전거를 타고 간 적도 있었다.

"그럼 따라와."

지오가 앞장서 간 곳은 역 근처에 있는 자전거 보관대였다.

"자물쇠 안 걸린 걸로 골라 봐."

지오 말에 석주는 어리둥절해졌다.

"이거 주인 있는 거잖아."

"주인 없는 것도 있겠지. 주인이 있어도 오늘내일은 타지 않는 것도 있을 테고."

"훔치자는 거야?"

석주 눈이 휘둥그레졌다.

"빌리자는 거지. 모레 저녁까지."

"빌린다고 쳐. 그런데 그 안에 주인이 찾으러 오면 어떻게 하려고?"

"그럼 그 사람도 다른 자전거를 빌리겠지. 설마 그사이 여기 있는 자전거를 다 타겠냐."

석주는 주인 허락 없이 자전거를 탄다는 생각만으로도 절도범이 된 기분이었다. 그런데 지오는 태평한 얼굴로 자물쇠가 걸려 있지 않은 자전거를 찾아냈다. 석주는 침을 꿀꺽 삼키며 주위를 살펴보았다. 석주와 지오에게 관심을 두는 사람은 아무도 없었다.

"CCTV 같은 게 있을지도 몰라."

석주는 잔뜩 겁먹은 얼굴로 말했다.

"없어. 싫으면 여기서 찢어지고. 난 이 자전거 타고 갈 거니까."

지오는 자전거를 한 대 끌어냈다. 낡아서 주인이 버렸을 것 같은 자전거였다.

"나, 나도 갈게. 대신 그 자전거 나 줘."

석주가 낮은 소리로 허겁지겁 말했다. 자물쇠가 걸리지 않은 자전거를 직접 찾아낼 용기가 나지 않았고, 낡아서 주인이 버렸을 것 같아 마음이 놓였다. 지오는 피식 웃으며 자전거를 석주에게 넘겼다. 그러곤 다른 자전거 한 대를 끌어내 올라타고 앞장서 달려갔다. 석주도 얼른 자전거에 타 그 뒤를 따랐다. 어찌나 빠르게 페달을 밟았는지 숨이 가빠오기 시작했다. 덕분에 떨리는 게 사라졌다.

읍내 중심가에서 멀어지는 방향으로 한참을 달리다 한적해진 길가에서 지오가 자전거를 세웠다. 석주도 멈춰 섰다. 둘은 가쁜 숨을 몰아쉬며 마주 보았다. 생각보다 기분이 괜찮았다.

"이제 어디로 갈 거야?"

석주가 물었다.

"그야 모르지. 자전거 타고 마음대로 돌아다니다 모텔에서 자자."

마음대로 돌아다니다 모텔에서 자자고? 마음대로?

"근데 미성년자끼리 모텔 가도 돼?"

흥분과 긴장으로 석주의 목소리가 떨렸다.

"혼숙 아니면 괜찮아. 오히려 찜질방이 10시 넘으면 안 되지. 너, 돈 얼마나 있어?"

석주는 허둥거리며 지갑을 확인했다.

"나는 만 7천 원 있다."

지오가 먼저 말했다.

"나는 8천 원. 체크 카드도 있어. 아, 이럴 줄 알았으면 먹을 거 가져오는 건데."

석주는 사물함에 숨겨 놓은 빵과 컵라면을 떠올리며 아쉬워했다.

"기숙사에서 혼자 먹으려고 사 놨냐? 집에 갈 건데 빵 사다 짱박을 때부터 이상하다 했다."

지오가 웃으며 말했다.

"봤어?"

석주는 민망한 기색이 되었다.

"너 머리 좋은 거 맞아? 어떻게 기숙사에 혼자 남을 생각을 하냐? 귀신 나타나면 어쩌려고."

"귀신이 어딨어?"

"너 모르는구나. 기숙사가 공동묘지 자린 거. 한밤중에 복도 나가면 귀신들이 둥둥 떠다닌대."

"그런 건 다 뻥이야."

석주는 코웃음을 쳤다. 초자연적 현상은 인간의 공포심에서 비롯되는 거다.

"가자."

석주를 놀리려다 실패한 지오가 다시 자전거에 올랐다. 그들은 또 달리기 시작했다. 도로 주변엔 논밭과 과수원, 작은 마을과 공장들이 있었다. 그들은 큰길보다는 그 길에서 갈라져 나간 작은 길들을 달렸다. 급할 것도 목적지도 없었으므로 달리다 경치가 좋거나 쉴 만한 장소가 보이면 주저 없이 자전거를 멈췄다. 석주는 자신이 이런 시간을 보내고 있다는 게 너무 신기했다. 허락 없이 남의 자전거를 탄 것만 아니면 엄마 아빠에게 자랑하고 싶을 정도였다. 석주와 지오는 달리다 만난 작은 가게에서 군것질거리를 사 들곤 둥치 굵은 나무 아래에 앉아서 먹었다. 할 말이 없는 탓에 잠자코 먹기만 했다.

해가 기울자 날씨가 선선해졌다. 석주는 자신의 발로 페달을 밟아 달려온 거리와 시간에 대해 왠지 모를 뿌듯함을 느꼈다. 작은 면 소재지에 다다랐을 때 지오가 피시방에서 놀다 그 옆의 식당에서 저녁을 먹고 또 근처 모텔에서 자자고 했다. 석주는 바람과 햇살을 느끼며 자전거를 타고 있어서인지 담배 냄새 나는 피시방에서 시간을 보내고 싶지 않았다. 간식을 먹었더니 배도 고프지 않았다.

"여기 말고 더 가면 모텔 없나? 아직 배도 안 고프고. 더 달리고 싶은데."

"그래? 좋았어! 그럼 더 달려 보자."

"딴 데 또 있겠지?"

석주는 걱정스러운 표정을 지었다.

"걱정하지 마. 대한민국에 모텔 없는 데가 어디 있냐? 밭 한가운데에도 있는 게 모텔이야."

지오가 큰소리를 탕탕 쳤다.

"많이 다녀 봤나 보다."

놀리듯 말하면서도 석주는 지오가 든든한 형 같았다.

"이 형님이 가출한 적이 있었거든. 그때 개고생하면서 안 거다."

뜻밖의 말에 뒷이야기를 기대했지만, 벌떡 일어선 지오는 자전거에 올라타 페달을 밟았다. 놀랄 만큼 맹렬한 속도였다. 석주는 지오가 그대로 사라질 것 같아 허둥지둥 뒤를 쫓아갔다.

길 위에서

지오는 별것도 아닌 일에 감탄하고 신나 하는 석주가 새롭게 보였다. 지오와 석주는 교실은 물론 기숙사 방에서도 서로를 거의 투명 인간으로 취급하며 지냈다. 하지만 같은 방을 쓰다 보면 어쩔 수 없이 알게 되는 것들이 있었다. 학교에서 보는 석주는 오로지 공부라는 한 명령어만 입력돼 있는 로봇 같았다. 로봇과 다른 게 있다면 임무를 성공하지 못해 초조해하고 불안해하는 모습뿐이다.

석주는 방에서 가장 일찍 나가서 가장 늦게 들어왔다. 그런데도 밤에 깊이 잠들지 못했다. 악몽을 꾸는지 낮은 비명을 지르거나 앓는 소리를 내서 지오가 흔들어 깨운 적도 있었다. 석주가 고른 숨소리를 내며 잠들면 지오도 안도감을 느끼며 편히 잘 수 있었다. 그럴 때면 둘 사이에 어떤 교감이 오간 것처럼 여겨졌지만 아침이 되면 석주는 그런 일이 아예 없었던 것처럼 굴었다. 어쩌면 기억을 못 하는 건지도 몰랐다. 가까운 친구를 만들고 싶지 않은 지오로서는 그게 오히려 좋았다. 그런데도 환하게 웃고 말수가 많아진 석주를 보자, 지오는 로봇에게 감정을 찾아 준 양 뿌듯했다. 노을이 세상을 황금빛으로 물들인 시골길을 달릴 때는 버디무비라도 찍는 느낌이었다.

하지만 그 기분은 오래가지 않았다. 숙박업소나 식당이 있는 동네보다 어둠을 먼저 맞았기 때문이다. 산골의 어둠은 덮치듯 순식간에 왔다. 금세 사방이 캄캄해지면서 앞이 제대로 보이지 않았다. 환할 때는 우뚝 솟아 싱그러운 느낌을 주던 산들이 위협적으로 다가왔고, 전봇대나 가끔씩 있는 구조물들도 공포심을 안겼다. 게다가 석주 자전거는 헤드라이트 전구가 고장 나 있었다. 가로등이 있었지만 가야 할 곳을 알 수는 없었고 이정표가 있어도 거기가 어딘지 모르니 소용없었다. 이따금 차만 지나쳐 갈 뿐 길을 물어볼 사람도 보이지 않았다.

휴대폰이 있으면 쉽게 길을 알 수 있을 텐데. 지오는 휴대폰을 학교에 두고 온 게 후회됐다. 아빠에게 이번 주말에 영동 친구네 집에서 함께 공부할 거라고 거짓말을 했다. 혹시라도 아빠가 연락해 오면 그때마다 둘러대야 할 게 싫어서 휴대폰을 챙기지 않았다.

지오는 예상하지 못한 상황이 당황스러웠다. 지오가 그동안 겪은 밤은 도시의 밤이거나, 학교라는 울타리 안의 밤이었다. 그렇더라도 잔뜩 겁먹은 석주 앞에서 불안한 마음을 드러낼 수는 없었다. 지오는 석주를 안심시키기 위해 길은 길끼리 모두 연결돼 있으니 걱정 말라고 큰소리쳤다.

"지금쯤 면 소재지가 나올 때가 됐어. 이 길 따라가면 돼."

석주는 지오의 말을 고분고분 따랐다. 하지만 가도 가도 면 소재지는 나오지 않았다. 오히려 더 한적하고 더 깊은 어둠 속으로 들어가는 것 같았다. 석주가 목마르고 배도 고프다며 투덜대기 시작했다. 그러기는 지오도 마찬가지였다. 슈퍼에서 산 500밀리리터짜리 생수는 바닥난 지 오래였다. 몇 시간째 탄 자전거 때문에 엉덩이고 허벅지고 안 아픈 데가 없었다. 투덜거릴 시간에 더 빨리 달려 먹을 곳과 쉴 곳을 찾는 길밖에 뾰족한 수가 없었다.

페달을 더 빠르게 구르던 지오는 뒤에서 들려오는 "어, 어." 하는 비명에 자전거를 멈추고 돌아다보았다. 석주의 자전거가 막 길옆 도랑으로 처박히고 있었다. 풀들이 수북해 길로 착각한 것이다. 지오는 자전거를 팽개치며 뛰어내려 석주에게 갔다. 옷만 젖었을 뿐 다행히 다친 데는 없었다.

"이 길로 가는 거 맞아? 번화가로 가는 게 아니라 더 시골로 가고 있잖아."

석주는 자전거를 일으켜 세워 준 지오에게 볼멘소리를 했다. 불평하는 석주가 혹이나 짐처럼 여겨지기 시작했다. 지오는 입을 꾹 다문 채 도랑에서 끄집어낸 자전거를 석주에게 넘기곤 자기 자전거가 있는 데로 왔다. 자전거를 일으켜 세웠지만 안장 위에 올라앉는 생각만 해도 온몸이 아픈 것 같았다. 지오는 자전거를 끌며 걷기 시작했다. 석주가 슬며시 옆으로 다가와 서며 말했다.

"이제 9시네."

볼멘소리를 한 게 미안한 눈치였다. 평소라면 아직 교실에 있을 이른 시간이지만 어딘지도 모를 시골길의 9시는 한밤중처럼 캄캄하고 막막했다.

"참, 휴대폰으로 길 찾을 수 있잖아!"

석주가 대단한 방법을 생각해 낸 것처럼 소리쳤다.

"빨리도 생각해 냈다. 휴대폰, 학교에 두고 왔어."

"왜?"

"귀찮아서. 근데 전자 기기 반입 금지인 거 인권 침해 아니냐? 상위권 애들, 뭐 해? 학교에 따지지도 않고. 내가 좀 나서 보고 싶어도 말발이 안 서. 공부 잘하는 애들만 인간 취급 하는 더러운 학교라니까."

지오가 화제도 돌릴 겸 너스레를 떨어 기운을 내려는데 석주가 퉁명스레 잘랐다.

"네가 그런 학교 선택한 거잖아."

"그럼 넌 네가 선택해서 왔냐?"

지오는 그럴 리 없음을 확신하며 석주를 보았다.

"당연하지. 넌 아니야?"

석주 또한 확신에 차서 물었다. 지오는 아빠가 결정했고 자신은 집을 떠나고 싶어서 따랐을 뿐이라고 대답하기가 싫었다. 지오는 빨리 이 상황을 벗어나고 싶어 우뚝 멈춰 섰다. 석주도 무슨 일인가 싶은 얼굴로 멈췄다.

"지나가는 차라도 세워서 길 좀 물어봐야겠어. 아, 저기

차 온다."

지오가 손을 흔들었지만 차는 코웃음 치듯 속력도 줄이지 않고 지나쳐 갔다.

"거참 야박하네."

움찔해서 물러섰던 지오는 멋쩍은 웃음을 지었다.

"이 밤중에 우리가 누군 줄 알고 차를 세워?"

석주의 목소리엔 다시 불만이 차올랐다. 이런 상황이 된 게 다 지오 탓이라고 여기는 것 같았다. 지오 역시 짜증이 나려는 걸 우스갯소리로 눌렀다.

"누군 누구야? 자랑스러운 태명고생이지. 등판에 야광으로 써 붙이고 올 걸 그랬나."

지오는 석주에게 속 타 하는 꼴을 보이고 싶지 않았다. 하지만 그 뒤에도 계속 차 세우는 걸 실패하자 허기와 피곤이 몰려와 그 자리에 주저앉고 싶어졌다.

"길도 모르면서 이게 뭐야? 배도 고프고 허리랑 다리도 아파 죽겠어."

석주가 노골적으로 투덜거렸다.

"한 끼쯤 굶는다고 죽냐? 어린애같이 찡찡거리긴. 모텔 못 찾으면 여기 아무 데서나 자도 안 얼어 죽어."

지오는 걱정스러운 마음을 감추고 허세를 부렸다.

“아무 데서나 잔다고? 잘 알지도 못하면서 모텔 많다고 큰 소리쳤던 거야?”

“씨발, 그럼 아까 나왔을 때 거기서 잤으면 됐잖아. 그런데 네가 피시방에 안 간대서 이렇게 된 거잖아.”

지오도 더는 참지 못하고 버럭 소리를 질렀다.

“그건 너도 동의했잖아.”

“시끄러. 지금 그딴 거 따져 봐야 소용없으니까 닥치고 있어 봐. 무슨 수가 생기겠지.”

“이런 산골짝에서 무슨 수가 생겨? 목마르고 힘들어 죽겠단 말이야.”

“뭘 해도 기숙사 방에 숨어 있는 것보다는 나으니까 그만 징징거려. 차 온다.”

지오 또한 지금이 나았다. 영동 애들한테서 10시가 넘어도 눈감아 준다는 피시방이나 찜질방 이름을 알아 두긴 했다. 하지만 쫓겨날까 봐 불안해하며 있는 것보다 지금 하는 자전거 여행이 훨씬 좋았다. 자전거 여행. 무심코 붙인 이름도 마음에 들었다.

지오는 다가오는 차의 불빛을 보곤 거의 도로 가운데까지

나가서 양팔을 휘저었다. 달려오던 트럭이 끼익하고 급정거를 했다. 운전석의 아저씨가 고개를 내밀며 소리쳤다.

“위험하게 무슨 짓이여!”

정말 놀란 듯 화난 목소리였다.

“죄송합니다. 길 좀 묻고 싶은데 차들이 안 서서요.”

지오는 아저씨가 화를 내는데도 차가 섰다는 기쁨에 웃음이 나오려고 했다. 석주도 얼른 곁에 와서 섰다.

“어델 찾는데?”

아저씨가 누그러진 목소리로 물었다.

“식당하고 모텔 있는 동네요.”

아저씨가 지오와 석주의 행색을 살피듯 보았다.

“학생들, 집 나왔어?”

“아뇨. 자전거 여행 하다 길을 잃었어요.”

석주가 얼른 대답했다. 지오는 석주의 속내가 읽혀 피식 웃음을 흘렸다. 혹시 경찰에 신고라도 할까 봐 겁이 나는 모양이다. 하긴 지오도 아빠가 이 상황을 아는 건 싫었다.

“밤에 자전거로 다니는 기 위험한데.”

“조심해서 갈 테니까 좀 알려 주세요.”

지오가 사정하듯 말했다.

"학생들, 그라믄 우리 집 가서 잘라나? 여서 가차븐데."

지옥에서 듣는 구원의 복음 같았다. 석주와 지오는 서로의 의사를 물어볼 새도 없이 합창하듯 "네!" 하고 대답했다. 허기진 배를 채우고 지친 몸을 뉘면 어디든 천국일 것 같았다.

지오와 석주는 물건들이 쌓인 짐칸에 자전거를 실었다. 그 옆에서 아저씨가 어디론가 전화를 걸었다.

"설이고? 그래, 아빤 밥 뭇다. 사람 좀 데리고 가니까 밥 좀 차리라. 그래. 있는 기로 차리믄 돼. 미안해여. 사정이 그리 됐다."

이 밤중에 갑자기 낯선 사람을 데려가면 누구라도 싫어할 거다. 지오는 아저씨가 저자세로 말하는 걸 보자 미안해졌다. 아저씨가 차에 탄 뒤 지오가 먼저 올라 가운데에 앉고 석주는 창가에 앉았다.

"정말 감사합니다. 저희 때문에 난처해지신 거 아니에요?"

지오는 아저씨가 전화로 사과하던 게 마음에 걸려 말했다.

"우리 딸이 까칠해여. 미리 알고 있어."

아저씨가 웃으며 대꾸했다.

"따님이 몇 살이에요?"

"열여섯 살. 사춘기가 늦게 오는가 내는 우리 설이가 젤로 무섭다."

갑자기 석주가 자기 팔을 들어 킁킁 냄새를 맡았다. 지오는 그런 석주가 우스운 한편, 딸까지 있는 집에 선뜻 자기들을 데려가 주는 아저씨가 더더욱 고마웠다.

도로에서 갈라진 사잇길로 들어선 트럭은 구불구불한 오르막길로 올라갔다. 가끔씩이나마 있던 가로등도 사라진 길은 더 짙은 어둠에 묻혔다. 얼핏얼핏 드러나는 풍경들로 보아선 집이 있을 것 같지 않았다. 차가 덜컹할 때 석주가 지오 옷자락을 꽉 잡았다.

'우리, 어디로 끌려가는 거 아냐?'

석주의 속내가 들리는 듯했다. 지오 머릿속에서도 떠오른 생각이었다.

짐칸에 실은 자전거들이 부딪치는 소리가 불안감을 키울 즈음 드디어 차가 멈춰 섰다. 차 불빛에 기역자 형태의 집과 겅중거리며 달려오는 큰 개의 모습이 드러났다. 목둘레 털이 갈기처럼 늘어진 개였다.

"어, 콜리다!"

트럭에서 지오가 아저씨와 대화를 나누는 동안 한마디도

하지 않던 석주가 소리쳤다.

"저 개를 알어? 무슨 책에 나오는 개라 캐여."

아저씨가 말하며 시동을 껐다.

"강아지 도감에서 봤어요. 개 이름이 뭐예요?"

석주가 물었다. 지오는 처음 듣는 책이라 잠자코 있었다.

"래시여."

헤드라이트 불이 꺼지고 조용해지자 래시가 컹컹거리는 소리가 들려왔다. 차에서 내린 석주가 개한테부터 다가가는 걸 보고 지오는 고개를 저었다. 짐칸에서 자전거를 내리는데 집의 미닫이문이 열리며 누군가 나타났다. 아저씨의 딸일 것이다. 안의 불빛 때문에 실루엣만 보였지만 지오와 석주는 동작을 멈춘 채 시선을 고정했다.

"아빠, 형조 삼춘하고 또 누구여? 진짜 있는 것만 차렸다."

명랑한 목소리만으로도 지쳐 있던 마음이 환해지는 것 같았다.

꽃가루 수분

석주는 아저씨가 갖다 준 이부자리를 폈다. 베개만 두 개고 이부자리는 한 채뿐이었지만 석주는 더 달라는 말을 하지 못했다. 저녁 식사 때 아저씨를 졸라 과일주를 몇 잔 마신 지오는 취한 채 벽에 기대앉아 있었다.

"야, 와서 자."

석주는 지오에게 말한 뒤 먼저 요 한쪽 끝에 누워 몸을 모로 세웠다. 누군가와 한 이불을 덮고 잔 기억은 천둥과 번개가 치던 날 형하고밖에 없었다. 형 침대는 지금 석주가 누운 요보다 훨씬 넓었다. 형이 그리워지려는데 지오가 쓰러지듯 옆자리에 누웠다. 석주는 술 냄새 나는 지오와 조금이라도 더 떨어지려고 몸을 웅크렸다. 그런데 지오가 석주 몸에 한쪽 팔을 척 얹으며 말했다.

"장석주, 솔직히 말해 봐. 너 은설이 좋아하지?"

팔이 몸에 닿은 것보다 지오가 한 말에 더 깜짝 놀랐다. 석주는 와락 돌아누워 지오의 입을 막았다.

"술 처먹었으면 곱게 잘 것이지 뭔 헛소리야."

은설이나 아저씨가 혹시라도 밖에서 들었을까 봐 식은땀이 다 났다. 지오가 쿡쿡 웃으며 석주 손을 떼어 냈다.

"은설이 같은 애가 네 스타일이냐? 내가 밀어 줄까?"

"헛소리 말고 자라니까."

석주는 벌떡 일어나 문 옆에 붙은 스위치를 껐다. 방이 한순간에 캄캄해졌다. 석주는 잠자리로 가는 대신 조금 전 지오처럼 벽에 기대앉았다. 철렁 내려앉은 가슴이 펄떡거리고 있었다. 뭐라고 중얼거리던 지오는 곧 코를 골았다. 방금 한 말도 술김이라 기억하지 못할 것 같았다.

석주는 자리로 가서 다시 누웠다. 지오가 그런 말을 할 만큼 내가 무슨 티를 낸 걸까? 은설이도 그렇게 생각하면 어쩌나 걱정됐다. 솔직히 석주는 자기 마음을 확실하게 몰랐다.

은설을 알게 된 건 고작 두 시간 전이었다. 그리고 결코 첫눈에 반할 만한 외모도 아니었다. 학교에서 남자애들끼리만 생활하다 가까이에서 여자애를 보니 무턱대고 좋은 걸까? 만약 그런 거라면 석주는 자신이 마음에 들지 않았다.

지오가 요 밖으로 굴러가 자리가 넓어졌다. 석주는 바로 누워 두 손을 가슴에 올려놓았다. 달빛에 천장 무늬가 어슴푸레 보였다. 은설의 모습이 천장을 가득 채웠다. 이건 지오가 한 말 때문이야. 석주는 생각했다. 둘 사이에 특별한 일이 있었던 것도 아니다. 그저 은설이 차려 준 밥을 지오와 함께 허겁지겁 먹은 뒤 지오는 아저씨하고 술을, 석주는 매실차를 마신 게 다였다. 은설과의 대화도 지오가 주로 나누었다. 그 과정에서 학교 이야기도 나오고 석주가 공부 잘한다는 이야기도 나왔다. 집에다 거짓말을 한 채 남의 자전거를 훔쳐 타고 돌아다니다가 길을 잃고 아저씨를 만난 이야기는 낭만적인 자전거 여행으로 포장되었다.

석주는 그저 은설이 말하는 걸 듣는 것만으로도 좋았다. 같은 말씨인데 아저씨 말투는 투박하게, 은설의 말은 귀엽게 들렸다. 이 지역 말은 어미에 '여'를 붙일 때가 많아 반말도 존댓말처럼 들렸다. 아저씨에게 말씀 낮추라고 했다가 알게 된 사실이었다. 그리고 은설이 웃을 때마다 무슨 이유인지 바람에 하롱거리는 등꽃이 생각났다. 웃음소리 한 음절, 한 음절이 조롱조롱 매달린 등꽃 잎 같았다.

석주와 은설이 나눈 대화는 래시 이야기뿐이었다.

"개 이름은 누가 지은 거예요?"

은설보다 두 살 많은 지오는 금방 말을 놓았지만 석주는 반말이 쉽게 나오지 않았다.

"우리 엄마가요. 어렸을 때 『돌아온 래시』라 카는 동화책을 보고 난중에 꼭 콜리종 개를 키운다꼬 맘묵었대요. 아빠가 그걸 알고 새끼를 구해 온 거예요. 열 살 된 할아부지예요."

"그런데 어머니는 어디 가셨나 봐요."

석주는 은설의 입에서 엄마 이야기가 나오자 아까부터 궁금했던 걸 물었다.

"예. 저 우에 계세요."

은설이 손가락으로 천장을 가리켰다. 석주가 위를 올려다보며 물었다.

"2층이 있어요?"

은설이 소리 내 웃었다.

"오빠, 공부 잘하는 거 맞아요? 2층이 아이고 하늘 나라 말한 거예요."

"어, 미, 미안."

석주는 어쩔 줄 몰라 했다.

"개안아요. 돌아가신 지 오래돼가 아무렇지도 않아요."

아무렇지 않을 리 없었다. 석주는 은설의 배려가 고마웠다.

혹시 엄마가 없다니까 동정심이 생긴 걸까? 은설이 그 사실을 알면 기분 나빠 할 것 같았다. 은설에 대한 감정이 무엇이든 석주는 내일이 기대됐다. 지오가 다시 고마움을 표했을 때 아저씨는 무덤덤한 얼굴로 말했다.

"아까 길에서 차 막아서는데 기겁했다. 우쨌거나 요새 같은 시상에 이래 믿고 따라와가 내가 더 고맙지."

석주는 먹여 주고 재워 주면서 오히려 고맙다고 말하는 아저씨가 신기했다.

"정말 요새 같은 세상에 어떻게 저희를 집에까지 데려올 생각을 하셨어요? 저희가 뭐 반듯해 보이긴 하지만요."

지오가 웃으며 말했다. 석주는 학교에서보다 훨씬 밝고 말을 많이 하는 지오도 신기했다. 이런 아이가 학교에서는 왜 아웃사이더를 자처하는지 모를 일이었다.

"컴컴한데 반듯한지 구부러졌는지 우찌 알았겠나? 그저,

집에 간다 카마 몰라도 여관이나 찜질방 찾는다 카니까. 밤길도 위험코 해서 내가 델꼬 있다 보내는 기 안전할 거 같아서 그런 기지."

덤덤하게 말하는 아저씨의 진심이 석주 가슴에 스며들었다.

"저희가 정말 운이 좋네요. 아저씨 같은 분을 만나고요. 너무 신세를 많이 지는데 저희도 뭔가 보답하고 싶어요. 아저씨 댁에 저희가 할 일 없을까요?"

지오가 동의를 구하듯 석주를 힐끗 돌아보며 말했다. 석주도 그러고 싶어 고개를 힘껏 끄덕였다.

"얼라들이 일을 할 줄 알까?"

아저씨가 웃으며 지오와 석주를 살피듯 바라보았다.

"아빠, 꽃가루 수분, 이 오빠들 시키여."

은설이 반색하며 말했다. 그러고는 석주와 지오에게 부연 설명을 했다.

"붓에 꽃가루 묻혀가 꽃 수술에 칠해 주면 되는 기예요. 안 어려워요."

"아, 나비나 벌 역할을 대신하는 거네요."

석주가 말했다.

"맞다. 그래 어렵지는 않은데 함 해 볼 기여? 모레는 편히 놀다 학교까지 태워다 줄게."

"정말요? 감사합니다!"

석주와 지오는 동시에 대답했다. 자전거 여행은 오늘 한 것만으로도 넘치게 충분했다. 그리고 또 하룻밤 더 잘 곳을 찾아다니지 않아도 된다는 게 더할 나위 없이 좋았다.

다음 날, 석주는 눈부신 햇살에 깜짝 놀라 일어났다. 한낮은 된 줄 알았더니 아직 8시 반밖에 안 됐다. 지오는 벌써 나가고 없었다. 허둥지둥 마루로 나가니 주방에서 달그락거리는 소리와 함께 음식 냄새가 풍겨 왔다. 그곳에 은설이 있다는 생각만으로 가슴이 뛰었다. 석주는 은설에게 먼저 아침 인사를 건네고 싶었지만 끝내 용기를 내지 못하고 돌아섰다. 그때 뒤에서 은설의 목소리가 들려왔다.

"석주 오빠, 잘 잤어요? 얼렁 씻고 식사하이소."

석주는 마루로 비쳐 든 아침 햇살이 자신에게만 쏟아지는 것 같았다. 잠시 후, 네 사람은 오래전부터 함께 살았던 사람들처럼 오순도순 아침을 먹었다. 어수선한 학교 식당에서 밥 먹는 일이 아직도 스트레스인 석주는 은설네 식탁이 집인 것처럼 편했다. 하지만 처마 밑에 날아든 새처럼 재잘대는 은설이 없었다면 즐거움이 반으로 줄었을 거다. 지오는 은설이 만든 콩나물북엇국이 맛있다며 두 그릇이나 먹었다.

"술꾼 아빠랑 사니까 해장국 실력만 늘어여."

은설이 아저씨에게 눈을 살짝 흘겼다. 석주는 술도 마시지 않았는데 밥맛이 없었다. 아니, 배고프지 않았다. 아니, 가만히 있어도 배가 불렀다.

아침을 먹은 뒤 아저씨가 집 뒤에 있는 창고 앞에서 꽃가루와 석송자라는 걸 혼합기에 넣고 섞었다. 사과 과수원은 집 뒤의 산자락에서부터 완만하게 경사진 산 중턱까지 이어져 있었다.

"석송자는 뭔데 같이 섞는 거예요?"

석주가 기계 앞에 앉으며 물었다. 은설이나 아저씨한테 잘 보이고 싶은 것도 있었지만 진짜로 호기심도 생겼다.

"석송의 포자 가루여. 색이 붉어가 수분을 시켰는지 안 시켰는지 표시가 나거든. 1차는 벌써 했고 오늘은 2차로 하는 기여."

요즘은 벌이 예전처럼 많지 않아 자연 수분률이 낮고 나무가 저온 피해를 입으면 인공 수분을 해야 한다고 했다.

은설은 점심 준비를 하고 석주와 지오만 아저씨를 따라 꽃가루가 든 통을 크로스백처럼 메고 과수원 끝까지 올라갔다. 수분은 위에서부터 하면서 내려가기로 했다. 생각보다 키가 작은 사과나무들이 흰 꽃을 단 채 줄 맞춰 서 있었다. 석주는 과일 중에서 사과를 가장 좋아했지만 나무를 이렇게 가까이에서 보는 건 처음이었다. 사과밭 가운데 들어와 있으니 학교 근처에 있는 포도 과수원들을 지나치며 보던 것과는 느낌이 사뭇 달랐다.

사과밭 가장 높은 곳에 이르자 산으로 둘러싸인 분지의 풍경이 한눈에 보였다. 납작해 보이는 은설네 집 주변 골짜기에도 드문드문 과수원들이 있었다. 더 낮은 평야 쪽으로는 반짝이며 흐르는 시내와 푸르거나 꽃을 피운 들판과 작은 단위의 마을과 아파트들과 제법 높은 건물들이 있는 큰 마을이 보였다. 그리고 그 사이로 도로들이 이어져 있었다. 그 모든 것을 품에 안듯 첩첩이 둘러싼 산들은 당당하고 위엄 있었다.

"밤에 불빛 보이던 데가 저긴가 보네!"

탁 트인 전망에 탄성을 지르던 지오가 말했다.

"밤에? 언제?"

석주는 본 기억이 나지 않았다.

"어, 밤에 화장실 갔다가 봤어."

지오가 대수롭지 않게 말했다.

"경치 좋지? 사과밭은 사과가 익을 때도 좋지만 꽃 필 때가 젤 이뻐."

아저씨는 쉰한 살로 석주 아빠와 동갑이었다. 아빠보다 머리가 희어선지, 허름한 작업복 때문인지 훨씬 더 나이 들어 보였다. 아저씨에게선 아빠의 다정함과는 또 다른 푸근함과 너그러움이 느껴졌다.

초여름 느낌이 나는 햇살과 바람에 대기는 더할 수 없이 싱그러웠다. 석주는 킁킁대며 공기를 가슴 깊이 들이마셨다. 학교 역시 자연 속에 있지만 그곳에서는 느끼지 못한 청량함이었다.

"이 나무들은 나이가 얼마나 됐어요?"

석주가 물었다.

"이짝하고 저짝하고는 품종도 수령도 다른데 여 부사들은 우리 설이하고 한동갑이여. 잘들 생겼지?"

아저씨가 옆에 있는 나무를 어루만지며 말했다. 은설과 함께 커 온 나무들이다. 석주도 나무를 쓰다듬었다. 까끌까끌하면서도 따뜻한 결이 손바닥에 느껴졌다.

"생각보다 나무들 키가 작네요."

지오가 사과밭을 둘러보며 말했다.

"일하기 수월하구로 수형을 관리하는 기여. 사다리를 사용하마 그만큼 일이 더디니까. 우리 밭은 경사지라 사다리 사용이 불편키도 하고."

지지대로 받친 비탈의 사과나무들은 마치 스키를 타기 위해 스틱을 잡고 서 있는 것처럼 보였다.

아저씨가 석주와 지오에게 수분 시범을 보였다. 긴 막대 끝에 달린 솜털 뭉치에 꽃가루를 묻혀서 꽃의 수술 부분에 살살 발라 주는 거였다. 그러면 빌려다 놓은 벌통 속의 꿀벌들이 꽃가루를 옮겨 준다고 했다. 단순 노동이라 크게 어려워 보이지 않았다.

셋이 한 고랑씩 나눠서 일을 시작했다. 신세 진 것에 대한 보답이니 잘해야 한다고 다짐하며 석주는 시험 공부 할 때처럼 열중했다. 처음엔 많이 서툴렀지만 손에 익자 속도가 났다. 하지만 시간이 지날수록 여기저기 아픈 게 생각처럼 쉬운 일은 아니었다. 그래도 마음은 한없이 편했다. 시험도, 성적도, 학교도, 기숙사도, 심지어 집과 가족도 생각나지 않았다. 은설과 래시가 마당을 왔다 갔다 하는 게 훤히 보이는 여기서 평생 이렇게 살아도 좋을 것 같았다.

새참이라며 얼음 넣은 미숫가루를 밭으로 가져왔던 은설이 이번엔 원두막에 점심상을 차려 놓고 불렀다. 석주는 은설이 자기보다 나이도 어린데 살림을 하는 게 놀라우면서도 안쓰러웠다. 그래서 도울 게 없나 자꾸 신경이 쓰였다. 다행히 평소엔 아저씨가 집안일을 훨씬 더 많이 한다고 했다.

원두막 옆으로는 산에서 내려오는 계곡물이 흘렀다. 바닥까지 훤히 들여다보이는 맑은 물이었다. 아직 짙어지지 않아, 빛을 받으면 연록 빛 형광으로 빛나는 나뭇잎과 덩굴들이 계곡물 주변에 드리워져 있었다. 석주는 지오와 함께 비탈을 밟고 내려가 차고 맑은 물에 얼굴과 발을 씻었다. 더위가 순식간에 사라졌다. 석주는 밥이고 뭐고 그대로 주저앉아 은설과 물장난치며 놀고 싶었다.

수저를 들자마자 석주와 지오는 정신없이 고기를 집어 먹었다. 학교 식당에서도 늘 고기가 나왔지만 주로 볶음이나 국 종류였다. 불판에서 노릇노릇하게 갓 구운 삼겹살은 입에 들어가는 순간 아이스크림처럼 녹았다. 텃밭에서 따 온 상추와 쑥갓을 싸 먹을 새도 없었다. 석주와 지오의 왕성한 먹성에 은설은 놀라워했고 아저씨는 흐뭇해했다.

점심을 먹고 난 뒤 좀 쉬기로 했다. 은설은 힘들지도 않은

지 땡볕에서 빨갛게 익은 얼굴로 뛰어다니며 들꽃을 꺾었다. 잠깐 따라다니던 래시는 그늘로 돌아왔다.

“저 꽃은 무슨 꽃이야?”

지오가 밭둑에 덤불을 이룬 흰 꽃 더미를 가리켰다.

“튀긴 좁쌀 같다 캐서 조팝나무라 캐여. 이쁘지?”

석주 눈엔 은설만 보였다. 은설이 작은 솜 망치 같은 민들레 홀씨를 불어 날릴 때 석주는 자기도 모르게 양 볼에 힘껏 바람을 넣었다.

아저씨가 잠시 눈을 붙이겠다며 한옆에 누웠다. 지오는 기둥에 비스듬한 자세로 기대앉은 채 기타 치는 시늉을 했다. 무릎 위에 기타가 놓인 양 허공에서 코드를 잡고 줄을 튕겼다. 석주는 형이 기타를 잘 쳐서 보는 눈이 있었다. 지오의 능숙한 손놀림이 시늉만은 아닌 것 같았다. 빈손으로 저러는 걸 보면 기타 치는 걸 좋아하는 모양인데 학교에서는 전혀 티를 안 냈다. 지오에겐 자전거 여행이 아니었으면 몰랐을 모습이 많았다. 어쨌거나 기타 선율은 석주 마음속에서도 울려 퍼졌다. 은설이 움직이는 대로 음표가 그려졌다.

은설은 절벽을 내딛는 산양처럼 여기저기 가볍게 뛰어다녔다. 석주에겐 은설이 점차 꽃뿐만 아니라 마치 새나 나비,

바람에 산들거리는 나무 같은 풍경의 일부로 보였다. 살아 있는 생명, 그 덩어리 같았다. 힘들고 지쳤을 때 은설을 보면 저절로 힘이 솟을 것 같았다. 그런 은설이 만들어 온 꽃다발을 지오에게 주었을 때 석주는 가슴이 무너지는 것 같았다.

"난 꽃 안 좋아해. 쟤한테나 줘."

지오의 말에 은설은 무안한 기색도 없이 그 꽃을 석주에게 내밀었다. 석주는 속도 없이 입이 헤벌쭉해져 꽃을 받았다. 그러곤 은설이 지오에게 먼저 준 게 그저 가까이 있어서일 뿐이라고 애써 생각했다. 석주는 꽃에 코를 박은 채 한참 동안 향기를 맡았다. 장미꽃 냄새를 닮은 향기에 머릿속이 아찔했다.

그때 은설이 말했다.

"지오 오빠, 어젯밤에 했던 노래 다시 함 불러 봐여."

어젯밤? 석주는 지오를 보았다. 밤에 화장실에 갔다가 불빛을 보았다고 했던 게 생각났다. 내가 잘 때 나와서 은설을 만난 걸까? 석주는 자기도 모르게 지오를 쏘아봤다.

"맨 정신으론 안 불러."

지오가 석주의 시선을 슬그머니 피하며 말했다.

"어젯밤에도 술 깼었잖아."

"대신 달빛에 취했거든."

은설은 지오에 취한 것 같았다. 석주는 가슴이 찢어지는 것 같았고, 어젯밤 둘 사이에 무슨 일이 있었는지 알고 싶지 않았다.

차가 달리기 시작하자 손을 흔드는 은설과 그 옆의 래시와 과수원이 사이드미러 속에서 멀어졌다. 모든 것이 아스라이 사라져 갔다. 과수원에서 지낸 이틀이 꿈속의 일인 것만 같았다. 석주는 은월농장에 무엇인가 빼놓고 가는 기분이었다. 능선 위로 번지는 노을처럼 이유 모를 슬픔이 밀려왔다.

낙오

여름 방학이었지만 2학년에게는 귀가 기간이 앞뒤로 일주일씩뿐이었다. 지오는 일요일 외출 시간에 읍내 피시방에서 엄마의 메일을 읽었다. '사랑하는 아들, 잘 지내지?'로 시작되는 메일을 반가운 마음으로 읽던 지오 표정이 점점 굳어졌다. 엄마는 자신이 결혼했음을 알렸다. '앤서니를 기억할지 모르겠다.'라고 하며 사진을 첨부했다. 지오는 망설이다 사진을 열었다.

지오는 모르는 집 거실에서 엄마, 앤서니 그리고 지윤, 혼혈로 보이는 여자애가 함께 찍은 사진이었다. 앤서니는 엄마가 일했던 식당 매니저로 앤서니 경수 톰슨이라는 한국 입양아 출신 남자였다. 겉모습은 한국인인데 말과 행동은 완전히 캐나다 사람이었다.

순해 빠진 미소를 띤 남자 옆에서 활짝 웃고 있는 엄마를 본 지오는 아빠가 원망스러웠다. 지오와 지윤의 조기 유학을 결정한 사람은 아빠였다. 아이들이 캐나다에서 공부하려면 부모가 같이 가거나 보호해 줄 가디언이 있어야 했다. 가디언 비용도 만만치 않은 데다 지오가 지윤과 단둘이 가기를 겁내자 아빠는 엄마더러 아이들이 적응할 때까지 함께 지내다 오라고 했다. 그런데 엄마가 부모 중 한 명이 유학을 하면 동반한 자녀들 학비가 무료라는 정보를 찾아냈다. 아빠는 그게 더 경제적이라고 판단했다.

식품영양학을 전공했던 엄마는, 평소와 달리 의욕적으로 토론토에 있는 요리 학교에 원서를 넣었다. 영어 코스를 밟은 뒤 공부하는 조건으로 합격했고 덕분에 지오와 지윤은 무상으로 공립 학교에 다닐 수 있었다. 요리 학교를 졸업한 엄마에게 아빠는 귀국을 종용했다. 하지만 엄마는 한국으로 돌아가는 대신 아르바이트하던 식당에 정식으로 취직했다. 아빠가 계속 귀국을 강요하자 엄마는 이혼을 요구했다.

지오가 한국행을 결심한 건 그때였다. 지오는 캐나다 생활에 잘 적응하지 못했고 모든 면에서 지윤보다 뒤처지는 것도 자존심 상했다. 쌍둥이끼리는 통하는 게 있다는데 이란성이라서 그런지 지윤과는 맞는 게 하나도 없었다. 그렇더라도 부모가 이혼하지 않았으면 한국으로 돌아오지는 않았을 거다. 떨어져 사는 동안 아빠에 대한 두려움보다 그리움이 커지기도 했고, 무엇보다 이혼당한 아빠가 불쌍했다.

엄마는 메일에 자신의 재혼으로 변한 건 없다고 썼지만, 지오는 이제 엄마와 영원히 남이 된 것 같았다. 속없이 웃고 있는 지윤의 모습마저 꼴 보기 싫어졌다. 지오는 사진을 지워 버렸다.

피시방을 나온 지오는 세상천지에 혼자가 된 기분으로 영동 읍내를 쏘다녔다. 곳곳에 붙은 포스터와 플래카드가 이 고장의 축제를 알리고 있었다. 한낮의 태양이 세상을 태울 듯 이글거렸지만 지오의 속은 북극이 들어앉은 듯 추웠다. 엄마 말대로 재혼했다고 해서 엄마가 아닌 것도 아니고, 자주 못 만나는 건 어차피 마찬가지인데도 엄마가 아예 사라진 것 같았다.

피시방에서 컵라면으로 점심을 때울 계획이었다가 그냥

나왔지만 시장기도 느껴지지 않았다. 대신 다른 허기가 밀려왔다. 무엇으로 채워야 하는지도 모르는 채 터덜터덜 걷던 지오는, 길 건너편 식당 앞에 선 차에서 내리는 석주를 보았다. 2학년이 되면서 반까지 달라져 말을 해 본 게 언제인지 모르는 사이가 되었다.

석주는 가족과 함께였다. 부모는 이미 본 적이 있고 처음 보는 짧은 머리 남자는 형 같았다. 카투사라고 했던 것 같은데 사복 차림인 걸 보면 제대한 모양이었다. 석주 어깨를 감싸 안은 형의 손에 케이크 상자가 들려 있었다. 식당으로 들어가는 그들 주위로 화목한 기운이 넘실거렸다.

지오는 멍하니 그 모습을 지켜보았다. 이제 저렇게 온 가족이 모이는 일은 영원히 없을 것이다. 아빠와 자신, 그리고 엄마와 지윤으로 나뉘었고 아빠와 자기 사이에도 언제든지 쪼개질 수 있는 선이 그어져 있었다. 지오는 충동적으로 눈앞에 보이는 피시방에 들어갔다. 그리고 키보드를 두들겨 부술 듯한 기세로 엄마에게 답장을 했다. 결혼을 축하한다고. 아들 따윈 잊어버리고 행복하게 살라고. 나도 엄마를 없다고 생각하겠다고. 우리가 다시 보는 일은 영원히 없을 거라고.

저녁 급식을 먹은 지오는 농구 하자는 아이들을 마다하고 방으로 돌아왔다. 경기를 하다 시비라도 붙으면 못 참을 것 같아서였다. 처음엔 시원한 것 같았는데 엄마에게 보낸 답장이 계속 마음에 걸렸다. 지오는 다른 아이들이 운동이나 공부를 하러 가고 없는 빈방에 혼자 누워 있었다.

"3층에서 생일빵 한대."

복도에서 누군가 소리쳤다. 3층은 상위권 아이들의 방이 있는 곳이었다. 시설이 더 좋다고도 했다. 문득 낮에 본 석주네 가족과 케이크 상자가 머릿속을 스치고 지나갔다. 지오는 벌떡 일어났다.

생일빵은 1학년 때는 없던 일인데 2학년 기숙사로 옮겨 오면서 생겼다. 표면상으로는 생일인 아이에게 장난치며 축하하는 놀이였지만 언제부턴가 일진들이 주도하면서 폭력으로 변질됐고 강도도 세졌다. 타깃은 평소에 재수 없게 굴어 그 애들 눈 밖에 났거나 만만해 보이는 아이들이었다. 강도가 세지면서 맞은 아이들 중 몇몇이 사감이나 부모에게 알렸다. 하지만 남자애들끼리 벌인 조금 과격한 놀이로 치부되었고 그 아이는 졸지에 고자질쟁이가 됐다. 생일빵은 맞는 당사자만 빼놓고는 반복되는 일상에서 일어나는 재미난 구경거리로 자리 잡았다.

지오가 보기엔 명백한 폭력이었다. 지오는 피해자는 물론 방관자가 되는 것도 싫었다. 하지만 남 일에 나섰다가 주목받는 건 더 싫었다. 그저 폭력이 벌어지는 현장을 피하는 것으로 마음의 불편함을 덜었다. 그런데 생일빵 주인공이 석주라는 생각이 들자 잔인한 쾌감이 스멀스멀 올라왔다. 자신은 이제 영원히 맛볼 수 없는, 화목하고 행복한 시간을 보낸 석주에게 누군가 대신 복수를 해 주는 것 같았다.

방을 나간 지오는 아이들이 현장을 놓치지 않기 위해 앞다퉈 뛰어가는 복도를 천천히 걸어갔다. 그 무리에 휩쓸리지 않는 것으로 생일빵 자체를 혐오하며 가해자나 방관자를 경멸했던 스스로를 정당화했다. 그동안 온갖 보호와 대우를 받으며 곱게 살아왔을 녀석. 아마 누군가에게 맞는 것도 처음일지 모른다. 석주가 어떤 모습으로 당할지 궁금했다. 엄마를 찾으며 징징거리지는 않을까. 녀석의 그런 꼴을 본다면 속이 좀 시원해질 것 같았다.

지오가 둘러싼 아이들 뒤에 섰을 땐 생일빵이 이미 시작된 상황이었다. 3층 방들은 거의 문이 닫혀 있었고 구경꾼도 대개는 아래층 아이들이었다. 근석과 패거리인 곽태호가 제일 먼저 로 킥을 날렸다. 또 한 놈은 팔뚝을 주먹으로 쳤다. 다른 한 놈이 배를 가격했다. 석주는 배를 움켜쥔 채 크크크, 웃는 소리를 냈다. 저보다 공부도 한참 못하는 놈들한테 맞는 게 자존심 상해 억지로 웃고 있지만 속으로는 벌벌 떨고 있을 것이다. 울고 있을지도 모른다. 때리는 아이들 역시 장난이라는 듯 웃고 있었다. 구경하는 아이들도 마찬가지였다. 남 일일 때 즐기자는 마음인 것 같았다. 모두 웃고 있으니 설령 CCTV에 찍힌다고 해도 조금 과한 장난에 불과해 보일 거다.

구경꾼이던 지오 얼굴에서 웃음기가 사라졌다. 팔짱을 낀 채 석주가 맞는 걸 보고만 있던 근석이 눈에 들어왔다. 지오와 눈이 마주치는 순간, 근석은 입술을 일그러뜨리며 석주에게 다가들었다. 독기 서린 눈은 지오에게 붙박인 채 근석은 석주에게 발길질을 하기 시작했다. 지오는 그 발길질이 고스란히 자신에게로 쏟아지는 것 같았다.

지오는 모든 절차를 마치고 나서야 반 아이들에게 자퇴 소식을 알렸다. 작별 인사도 함께였다. 교실 분위기가 출렁하고 흔들렸다. 내신이 안 좋은 애들 중 여름 방학 때 자퇴 생각 한 번 안 해 본 경우는 없었다. 하지만 지오처럼 실행에 옮기는 아이는 드물었다. 지오 또한 방학 마지막 귀가 기간 내내 아빠와 큰 마찰을 빚은 끝에 허락을 받을 수 있었다.

"그 학교에선 죽었다 깨나도 초등 때부터 공부한 애들 못 쫓아가요. 수시는 가망 없으니 검정고시 치고 입시 학원 다녀서 정시 준비를 해야 조금이라도 나은 대학에 갈 수 있다고요."

지오가 아빠에게 그만큼 강하게 자기 고집을 세운 건 처음이었다. 아빠는 여기저기 알아본 끝에 지오의 자퇴를 낙오가 아니라 성공의 지름길로 가기 위한 자발적 일탈로 받아들였다. 하지만 진짜 이유는 지오만 알고 있었다. 앞으로 이 학교를 생각하면 굴욕감과 패배감도 함께 떠오를 것이다.

복도로 나온 지오는 이동 수업을 가는 아이들 틈에서 석주를 보았다. 떠나는 마당인 만큼 눈이 마주치면 아는 척하려고 했으나 석주는 바닥만 보고 그냥 지나쳤다. 굳이 붙잡아 자퇴를 알리고 싶지는 않았다. 그리고 알린다 해도 석주는 '그걸 나한테 왜?' 하는 눈빛으로 쳐다볼 것 같았다.

지오는 문득 석주가 요새도 전화통에 매달려 엄마와 통화할까 궁금해졌다. 1학년 때 마마보이라고 놀리면서도 실은 날마다 엄마와 통화하는 석주가 부러웠다. 휴대폰 사용이 자유롭지 못하고 캐나다와 시간대가 다른 탓에 지오는 엄마의 목소리를 자주 듣지 못했다. 자퇴를 했으니 휴대폰 사용도, 시간도 자유로워졌지만 이젠 지오가 엄마와 통화하기 싫었다.

짐을 챙긴 지오는 아이들이 모두 학교에 가 있어 텅 빈 기숙사 방을 나왔다. 양쪽으로 방이 들어찬 기숙사 복도는 낮인데도 어두웠다. 지오는 뛰다시피 복도와 계단을 내려와 사감실로 갔다.

"앞으로 열심히 해라. 인생 좆되는 거 한순간이다."

그 표본이 바로 자신임을 사감은 표정으로 말하고 있었다. 태명고 졸업생으로 일진이었다는 소문이 있는 사감은, 1학년 기숙사의 유격대원 출신 사감보다 더 실질적인 영향력을 가지고 있었다. 이제 자기 통제 아래서 벗어날 존재라서 그런지 사감은 맘씨 좋은 선배로 돌아갔다. 지오는 사감이 선배처럼 굴자 그 일을 말해도 될 것 같은 유혹을 느꼈다.

"왜 무슨 할 말 있어?"

공감 능력이라고는 없는 사감의 평소 태도가 떠올랐다.

"아닙니다. 열심히 해야죠. 안녕히 계십쇼."

지오는 돌아섰다. 다른 아이들에게는 큰일이 아닐지도 몰랐다. 큰일이라고 해도 사감의 묵인 아래 벌어지는 일이었다.

주차장으로 나온 지오는 작은고모 차 트렁크에 짐을 실었다. 자퇴 서류 작성에 보호자 입회가 필요해서 바쁜 아빠 대신 고모가 왔다. 옆에 타자 고모가 말했다.

"짐이 생각보다 안 많네."

"웬만한 건 다 버렸어요."

학교를 빠져나온 차가 들길을 달리기 시작했다. 사방에서 포도 축제가 한창이었지만 태명고 학생들과는 상관없었다. 세상과 동떨어진 삶을 살았던 1년 반의 시간이 차와 함께 멀어져 가고 있었다. 시원함과 아쉬움과 불안함이 부피를 달리하며 마음을 어지럽혔다.

"혼자 공부하기 쉽지 않을 텐데, 괜찮겠어?"

고모가 물었다.

"학원 다닐 건데요, 뭐. 내신 걱정 없이 입시 준비만 하기엔 차라리 그게 나아요."

"입시생 자식 둔 친구들이 그렇다더라. 참, 너 생일 얼마 안 남았지? 갖고 싶은 거 있음 말해. 자퇴 기념으로 고모가 사 줄게."

생일. 앞으로 생일이 되면 무슨 생각을 하게 될까? 지오는 고모 모르게 한숨을 쉬었다.

"생각해 볼게요."

"꼭 말해 줘."

"네."

고모가 음악을 틀었다. 지오 취향은 아니었지만 대화거리를 찾느라 애쓰는 것보단 나았다.

지오는 휴대폰을 열었다. 그리고 성은이 보낸 문자들을 보았다. 거의 성은이 먼저 보냈고, 더 길게 썼다. 지오의 문자는 대부분 단답형이었다. 지오의 눈이 마지막 문자에 머물렀다.

어떡해! 근석이가
그 일을 알았어ㅠㅠ

그 문자엔 답이 달려 있지 않았다.

성은과 있었던 일은 생각이든 말이든 행동이든 모두가 우발적이고 충동적인 해프닝에 지나지 않았다. 근석이 여친이 먼저 관심을 보여 오자 우쭐했던 것도 있었다. 지오는 성은의 목소리가 함께 들려오는 것 같던 문자들을 삭제했다. 그리고 전화번호도 삭제했다. 이곳에서의 시간들도 함께 지울 생각이었다.

우연과 필연

석주는 택시에서 내리자마자 곧바로 서점으로 갔다. 3년째에 접어들자 이제 영동 읍내는 집이 있는 서울보다 더 익숙해졌다. 서점에서 문제집과 필기구, 포스트잇 등을 산 뒤 곧바로 길 건너 약국으로 갔다. 입술이 계속 터서 뜯어내다 보면 피가 나 집중하는 데 방해가 됐다. 립밤도 문제집 못지않게 급했다.

외출 나온 태명고 아이들이 거리를 휘젓고 다녔지만 석주는 주위를 둘러보지 않았다. 밖에서뿐만 아니라 석주는 언제부턴가 학교에서도 기숙사에서도 땅만 보고 다녔다. 그 밖의 것을 바라볼 시간이나 마음의 여유가 없었다. 내신 성적은 전교 10등 대에 머물러 있었다. 모의고사 전국 등수를 보면 올라가야 할 길이 더 까마득했다.

"아직 늦지 않았어. 힘내자, 아들!"

엄마는 석주를 위해 한 달에 한 번뿐인 외박 때마다 과외교사들을 대기시켜 놓곤 했다.

수능까지 이제 9개월만 견디면 된다. 2년이 지난 것처럼 9개월도 흘러갈 것이다. 석주는 립밤을 산 뒤 곧장 택시 정류장으로 갔다. 몇천 원 아끼자고 아이들과 함께 다니는 건 이제 하지 않았다. 정차해 있던 택시를 타려는데 누군가 등을 건드렸다. 돌아다보니 낯선 여자애가 서 있었다. 사람을 잘못 본 모양이었다. 석주가 말없이 몸을 돌리는데 여자애가 말했다.

"오빠, 석주 오빠 맞지?"

은설의 목소리였다. 석주는 홱 돌아서서 여자애를 다시 봤다.

"어, 너, 은설, 한은설이구나. 네가 어떻게 여길……."

석주는 처음 말을 배우는 아이처럼 버벅거렸다. 뜻밖의 마주침도 놀라웠지만 은설의 모습이 기억과 너무 달라 당황스러운 게 더 컸다.

“인제 석주 오빠 같네. 나도 여서 학교 다녀. 지금 집에 다녀오는 길이여.”

은설이 웃으며 말했다. 택시를 타려는 사람이 석주더러 안 탈 거면 비키라고 했다. 석주는 은설과 함께 옆으로 물러났다.

“계속 이래 서서 이야기할 기여? 추분데.”

은설은 석주보다 겉옷이 얇았다.

“아, 그래. 어디로 갈까? 난 잘 모르는데…….”

영동 읍내가 익숙해졌다고 해도 석주가 아는 데라곤 시끌시끌한 햄버거 가게나 피자 가게뿐이었다.

“저리로 가까?”

은설이 길 건너 건물 2층에 있는 프랜차이즈 카페를 가리켰다. 석주는 그런 곳이 있는 줄도 몰랐다. 석주와 은설은 그곳을 향해 걸었다. 석주는 복잡한 감정에 사로잡혀 아무 말도 할 수 없었다. 우선은 지저분하게 튼 입술과 무릎 나온 추리닝 바지가 신경 쓰였고 뭔지 모를 실망감과 허탈함이 가슴속에서 소용돌이쳤다.

석주는 옆에서 걷고 있는 은설을 훔쳐보았다. 석주는 겨우 이틀 밤 머물렀던 은월농장의 공기, 바람, 햇살, 사과나무, 들꽃 들을 지금까지 선명하게 기억했다. 그곳에서 돌아온 뒤 같은 영화를 반복해서 보듯 거의 날마다 은월에서의 시간을 재생했기 때문이다. 그리고 은설.

영화의 주인공은 은월이라는 시공간을 산양처럼 뛰어다니던 은설이었다. 현실이 힘들수록 은월농장은 이상향이, 은설은 천상의 여인이 되어 석주에게 숨 쉴 틈을 만들어 주었다. 그런데 눈앞에 있는 은설은 기억 속의 은설과 너무 달랐다. 그냥 지나쳤으면 알아보지 못했을 만큼 평범했다.

카페 안은 환하고 따뜻했다. 둘은 음료와 케이크를 주문하고 자리를 잡았다. 석주는 궁금했던 것부터 물었다.

"어떻게 여기서 학교를 다녀? 김천으로 가는 거라고 하지 않았어?"

"여서 다닐라고 주민등록을 아빠 친구네로 옮겼어."

"너 다니는 학교도 기숙 학교야?"

"아니. 1학년 땐 아빠가 통학시키 줬는데 2학년부턴 형조 삼춘네 집에서 하숙해여."

영동에 사는 형조 삼촌은 아저씨의 절친이라고 했다.

지오와 함께 달리던 들길, 앞에 무엇이 있는지 알 수 없어 두려웠던 밤길, 그 길에서 만난 트럭과 아저씨, 사과꽃이 눈부시던 과수원, 래시, 원두막에서의 점심, 그리고 은설. 모든 것이 뒤섞인 채 떠올랐다. 그 시간에 대한 그리움도 함께 피어올랐다.

"아저씨는 안녕하시고? 래시는?"

"마캉 잘 있어. 우리 집에 왔을 때 오빠 억시로 귀여웠는데 마이 변했어여."

은설이 그때의 모습을 찾으려는 듯 살피는 표정으로 석주를 보았다. 은설은 석주를 우연히 만난 사실에 흥분을 감추지 못하는 기색이었다. 하지만 석주는 처음의 놀람마저 가라앉자 점점 심드렁해졌다. 은설이 나타나서 소중한 추억을 박살 낸 것 같은 억울함마저 들었다.

"벌써 2년 전인데 변했겠지."

석주는 '너도 변했어.'라는 말은 하지 않았다. 튼 입술과 무릎 나온 추리닝 바지가 더는 신경 쓰이지 않았다.

"시간 참말 빨러. 오빠들 갑짝시리 들이닥치가 밥 묵던 거, 또 아빠랑 같이 술 마시면서 이야기하던 거, 밤에……. 다음날 꽃가루 수분 하던 거, 원두막에서 삼겹살 꾸워 먹던 거, 마캉 어제 일 같은데."

은설이 여전히 그 시공간 속에 있는 것처럼 달뜬 목소리로 말했다. 석주는 마음이 찌르르 아팠다. 앞에 앉은 은설에게 아무런 감흥도 일지 않는데 왜 아픈 건지 알 수 없었다.

"영동에서 지내면서 왜 연락 안 했어? 아 참, 내가 휴대폰이 없구나."

솔직히 의례적인 인사였다. 알았다고 해도 마음 써 줄 여력이 없었을 거다. 그리고 여전히 개인적으로 연락할 휴대폰이 없다는 사실에 석주는 안도했다.

"휴대폰 없어도 마음먹으마 어떻게든 연락했겠지. 우리 반에 오빠나 동생, 남친이 태명고 댕기는 아들 여럿 있거든. 근데 그카고 싶지 않았어. 우연히 만나기를 바랐어여."

은설이 빛이 만들어 놓은 탁자 위의 무늬를 손바닥에 올려놓으며 말했다.

"우연히?"

석주는 은설이 하는 말을 이해하지 못했다.

"응, 우연히. 우연이 반복되마 필연이라는 말 있잖아여. 내는 오빠들이 우리 집에 왔던 기를 첫 번째 우연이라고 생각했거든. 근데 오늘 오빠를 또 우연히 본 기여."

석주는 막 삼킨 키위 주스 덩어리가 가슴에 덜컥 얹히는 느낌이었다. 그럼 지금의 만남이 필연이라는 뜻이다. 은설은 우연을 필연으로 만들기 위해 학교를 영동으로 왔다는 거다. 고백인가? 석주가 그동안 수없이 상상했던 장면이었다. 상상 속에서는 원하는 대학에 합격한 석주가 은설을 찾아가 고백했다. 상상이 현실로 이루어질지 모르는데 기쁘기보다는 난감했다. 다시 봐도 눈앞의 은설은 기억 속 은설이 아니었다. 수능 준비로 전력투구해야 할 시간에 눈앞의 은설에게 감정을 소모하고 싶지 않았다. 석주는 은설의 말뜻을 못 알아들은 척 주스를 마셨다.

그러면서도 무언가 망설이는 은설이 무슨 말을 할지 기대됐다.

"아까 오빠 택시에서 내리는 거 보고 첨엔 긴가민가했어. 그래서 계속 뒤를 따라댕겼어. 서점이랑 약국이랑……."

고백보다 더 야릇하게 마음을 자극하는 말이었다. 그런데 두 번째 우연을 덥석 반기지 않고 뒤따라 다닌 건 뭐지? 어쩐지 스토커 냄새가 풍겨 석주는 한 발 뒤로 물러섰다.

"뭐야, 빨리 아는 척하지 않고. 나 코 후비거나 침 뱉은 건 아니지?"

석주는 한결 여유를 부렸다.

“그랬으마 인간적이었게. 마이 변해가 말도 못 걸었다니까.”

은설이 살짝 눈 흘기는 시늉을 했다. 과수원에서는 순진해서 바보 같아 보였을 거다. 석주는 선뜻 말 걸기 어려워진 자신의 변화가 흡족했다. 은설도 과수원에서 석주가 자기에게 관심 가졌던 걸 눈치챘을 거다. 은설은 그랬던 석주 마음이 변한 것 같아 말도 못 붙였던 거고. 이보다 확실한 고백이 또 있을까. 하지만 여기에서 멈춰야 했다. 석주는 은설에게 상처 주고 싶지 않았다. 이쯤에서 끝내고 은설을 지워 버린 자리를 수능 준비로 꽉꽉 채우리라.

“휴, 내가 요새 좀 그렇다. 고3이잖아.”

석주는 과장해서 한숨을 쉬며 머릿속으로는 어떻게 이 자리를 마무리할까 궁리했다.

“지오 오빠는 잘 지내여?”

은설이 본론을 꺼내기 어려운지 지오를 물었다.

“지오? 나도 잘 몰라.”

사실이었다. 엄마를 속인 채 자전거를 훔쳐 타고 떠났던 자전거 여행이 석주 인생에서는 가장 큰 일탈이고 사건이었다. 여행에서 돌아온 석주는 지오에게 비밀을 공유한 사람끼리의 친밀감을 느꼈다. 그 일이 학교에 알려질까 봐 걱정스러우면서도 지오와 특별한 사이가 되고 싶었다. 하지만 자신을 보는 지오의 눈빛이 얼마나 무심한지, 석주는 그런 녀석의 꼬드김에 넘어가 자전거를 훔쳐 타고 돌아다녔다는 게 자존심 상할 지경이었다. 둘은 아무 일 없었던 것처럼 각자의 자리로 돌아갔다.

지오가 자퇴한 것도 뒤에 알았다. 그 소식을 처음 들었을 때 세게 한 대 맞은 기분이었다. 석주 역시 자퇴를 생각해 본 적이 있었지만 학교를 나가 더 잘할 자신이 없어 포기했다. 그런데 지오는 성적도 시원찮은 주제에 학교를 그만둬 버렸다. 그 뒤로 어쩌다 지오가 떠오르면 두 가지 감정을 동시에 느꼈다. 학교를 박차고 나간 것에 대한 동경, 그리고 학교를 박차고 나간 사람에 대한 멸시.

"와? 싸웠어여?"

은설이 눈을 크게 뜨며 몸을 석주 앞으로 들이밀었다. 은설이 지오 이야기에 과민한 반응을 보이자 멸시가 동경을 쫓아내 버렸다.

"작년에 자퇴했는데 그 뒤론 소식을 몰라. 뭐, 전에도 그닥 친한 건 아니었어. 자전거 여행도 어쩌다 우연히 간 거였고. 한 번으로 끝났으니 필연은 아니지."

석주가 딴에는 재치 있다고 생각하면서 말했으나 은설은 웃지 않았다.

"자퇴했구나. 내는 오빠한테 지오 오빠 같은 친구가 있어가 의지도 되고 좋겠다, 생각했는데……. 근데 학교 그만둬삐렀다니까 뭔지 지오 오빠랑 어울리네. 그 오빤 자유로운 영혼이잖아여."

지오를 떠올리는지 은설의 얼굴에 허전한 미소가 퍼졌다. 은설이 말한 필연적인 만남의 대상이 자기가 아니라 지오라는 사실이 은설의 미소처럼 서서히 깨달아졌다. 그리고 잊었다고 여겼던 일 하나가 기억났다. 지오가 은설 앞에서 노래를 불렀다는 '어젯밤'. 달빛에 취했다는 지오를 취한 듯 바라보던 은설. 은월에서 은설과 무언가 사연을 만든 사람은 자신이 아니라 지오였다.

둘째 날, 은설은 지오보다 오히려 석주에게 더 살갑게 굴었다. 원두막에서 뒹굴거리는 지오를 두고 둘이서만 지낸 시간이 더 많았다. 은설은 재미있지도 않은 석주의 말에 등꽃 같은 웃음소리로 호응해 주었다. 석주의 모든 것을 궁금해했고 밥 먹을 때도 지오보다 더 챙겨 주었다. 그래서 석주는 '어젯밤'을 덮어 둔 채 지난 2년 동안 마음껏 은설과 은월을 그릴 수 있었다. 무심한 지오를 자극하기 위해 자신을 이용했던 거라는 깨달음이 너무 뒤늦게 찾아왔다.

은설은 자신과 같은 유형의 인간이었다. 석주가 은월에서 보냈던 짧은 시간을 2년이나 가슴에 품고 지내 온 것처럼 은설 또한 '어젯밤'만으로도 운명을 걸 만한 아이였다. 창피함과 분노가 동시에 가슴을 휘저었다. 석주 입에서 날 선 말이 튀어나왔다.

"자유로운 영혼은 무슨. 지 꼴리는 대로 막 사는 거지. 나 이제 들어가 봐야 하는데."

쓸데없는 이야기로 시간을 죽이고 있느니 얼른 학교에 가서 문제집 한 장이라도 더 푸는 게 나았다.

"아, 그캐여. 내가 시간 많이 뺏었네. 가여."

은설이 벌떡 일어서며 벗어 놓았던 외투를 집어 들었다. 지오 소식 들었으니 이제 나하고는 더 있을 필요가 없다는 뜻인가. 아니면 지오를 나쁘게 말해 기분이 상한 건가. 둘 다 마음에 들지 않았다.

석주와 은설은 밖으로 나갔다. 여전히 훈기라곤 없는 바람이 목덜미를 파고들었다.

"어디로 갈 거야? 바래다줄게."

은설과 더 있고 싶어서라기보다는 자기도 모르게 드러냈던 날것의 감정을 다스리고 싶었다.

"아니여, 혼자 갈래. 잘 가여."

은설은 석주를 보지 않은 채 작별 인사를 했다.

"그래, 그럼 공부 열심히 하고."

전화번호를 물어볼까? 갈등이 일었다. 하지만 다시 만날 것도 아닌데 일시적인 감정에 휘둘리고 싶지 않았다. 돌아서려던 은설이 잠시 머뭇거렸다.

"왜? 할 말 있어?"

"공부 열심히 해서 원하는 대학 꼭 가여."

은설이 뛰듯이 빠른 걸음으로 멀어져 갔다.

석주는 스무 살이 됐을 지오를 떠올렸다. 어떤 삶을 살고 있을지는 모르지만 지금의 석주보다는 자유로울 터였다. 맹렬한 질투심이 온몸을 태울 것처럼 불타올랐다. 이제껏 경험해 보지 못한 강렬한 감정이었다.

"한은설!"

석주가 고함치듯 불렀다. 하지만 은설은 듣지 못했다. 석주는 은설에게 뛰어갔다.

"야, 한은설!"

석주가 은설의 어깨를 잡았다. 흠칫 놀라 돌아다보는 은설은, 울고 있었다. 은설이 황급히 눈물을 훔쳤다.

"지오가 학교 관둔 게 그렇게 서운하냐? 네 취향이 그런 줄 몰랐다."

석주가 비꼬듯 말했다. 은설은 못되게 구는 석주가 원망스러운지 잠시 노려보다 한숨을 푹 쉬었다. 은설이 아무런 말도 하지 않자 그렇게 해석해도 좋다는 뜻으로 여겨졌다. 질투가, 앞에 있는 은설을 기억 속의 은설과 같아 보이게 만들었다. 석주는 은설을 외면한 채 퉁명스레 말했다.

"전화번호 말해. 지오 소식 들으면 알려 줄게."

"어? 아, 전화번호……."

은설이 허둥거리며 가방에서 적을 것을 찾았다. 지오 소식을 알려 준다는 말에 반색하는 것 같아 석주는 다시 심사가 뒤틀렸다.

"그냥 불러."

석주는 은설이 부르는 숫자를 머릿속에 담았다. 영어 숙어보다, 수학 공식보다 확실하고 빠르게 각인되었다.

날카로운 첫 키스

2학년 6월 마지막 주 일요일, 지오는 외출을 나갔다. 언제나처럼 갈 곳이라고는 피시방뿐이었다. 지속적으로 하지 못해서인지 게임에 대한 열망은 1학년 때보다 많이 줄었다. 2학년이 되자 많은 아이들은 뼈를 발라내는 심정으로 게임 캐릭터를 삭제했다가, 다음 외출 때가 되면 견디지 못하고 새로 시작하곤 했다. 지오 역시 기말고사가 얼마 남지 않아서인지 게임을 하고 있어도 마음이 편치 않았다. 자퇴는 생각하지도 않을 때여서 어떻게 하든 성적을 올리고 싶었다. 그리고 엄마의 재혼도 모를 때라 성적이 오르면 엄마와 아빠

사이를 되돌리는 데 도움이 될 거라는 희망을 품고 있었다.

지오는 점심까지 해결한 뒤 피시방을 나섰다. 게임하며 시간을 죽이느니 일찍 들어가 농구나 한판 하는 게 나을 것 같았다. 땀 흘린 다음 샤워하고 개운한 기분으로 공부할 생각을 하며 버스 정류장으로 갔다. 여럿이면 택시를 이용했지만 혼자일 때는 학교와 1킬로미터쯤 떨어진 큰길로 다니는 버스를 탔다.

음악을 들으며 버스 정류장에 서 있는데 웬 여자애가 턱 밑으로 얼굴을 디밀었다.

"근석이 룸메 맞죠?"

근석의 여자친구 성은이었다. 처음 봤을 때 인사를 나눈 뒤에도 근석과 함께 있는 걸 몇 번 본 적이 있었다. 볼 때마다 근석보다 여친이 훨씬 낫다는 생각이 들었다. 지오는 이어폰을 빼며 자기도 모르게 주위를 두리번거렸다.

"근석이 없어요. 집에 행사가 있어서 가족들이랑 어디 갔거든요."

"아, 예. 안녕하세요?"

지오는 왠지 모를 안도감과 반가움이 느껴져 뒤늦게 인사했다. 하지만 여자애, 그것도 친구 여친과 단둘이 있는 건 어색했다.

“혹시 여친 생겼어요?”

지오는 웃음이 나왔다. 처음 봤을 때도 그러더니. 한결이 성은이 소개해 준 애랑 잠시 만났던 게 기억났다. 여자 친구가 있으면 학교를, 이곳을 견디기가 좀 나을까. 지오가 없다고 하자 적극적이 된 성은은 만남을 확정 지었다.

“외출하는 날로 해서 날짜, 장소 잡히면 연락할게요.”

근석이한테 연락한다는 건가? 근석을 통하고 싶지 않았지만 남의 여친에게 휴대폰 번호를 묻기는 마음에 걸렸다. 그러면서도 지오는 버스가 천천히 오기를 바랐다. 성은이 탈 버스도.

“근석이랑은 언제부터 사귀었어요?”

화젯거리가 없어 물었지만 정말 궁금하기도 했다.

“중학교 때부터요. 같은 중학교 다녔거든.”

근석이 이야기를 하는 성은의 표정은 어쩐지 시무룩해 보였다.

“오래됐구나. 근석이가 매력이 있나 보네요.”

그 말을 하는데 속이 쓰렸다.

“처음엔 억지로 사귄 거예요. 근석이가 일진인 건 알죠?”

억지로. 추측이 맞았다. 그런데 그런 말을 이렇게 해맑은 얼굴로 하다니. 지오에게는, 성은이 근석을 좋아하지 않는다는 소리로 들렸다.

“중2짜리가 선배 무서운 줄도 모르고 자꾸 들이대는 거예요. 처음엔 개무시했지. 그런데 졸업한 뒤에도 계속 따라다니는 거야. 영동 바닥에 내가 지 여친이라고 소문 다 내고.”

싫다는데 따라다니고, 헛소문 내고. 그거 범죄 아닌가.

“근데 만나 보니까 단순 무식해도 순진, 어, 버스 온다. 전화할게요.”

버스를 탄 성은이 지오를 향해 손을 흔들었다. 지오는 주위를 둘러보며 어정쩡하게 손을 들었다 놓았다.

그날 밤, 기숙사 방에 있는데 지오에게 전화가 왔다는 안내 방송이 나왔다. 기숙사로 전화 올 일이 없는데 이상해하며 사감실로 갔다. 사감이 건네 준 전화를 받자 어떤 남자가 지오인지 물었다. 그렇다고 하자 성은을 바꿔 주었다. 성은이 학교로 직접 전화할 줄은 몰랐다. 지오는 자기도 모르게 근석이 있나 주변을 살폈다. 불편하면서도 가슴이 쫄밋거리는 게 자극적이었다. 그런 지오 모습이 보이기라도 하는지 성은이 말했다.

"혹시 난처할까 봐 다른 애 시켜서 바꿔 달라고 했어요. 소개할 애 정해졌어요. 기획사 오디션도 본 앤데, 엄청 예뻐. 연예인으로 치면……."

성은이 재잘거렸다. 사내 녀석들의 왁왁거리는 괴성을 뒤로하고 듣는 성은의 목소리는 꿀물처럼 달콤했다.

"좋아요."

대답하면서도 머릿속에 떠오르는 사람은 성은이었다.

"다음 주 토요일 어때요? 내 후배는 기말고사 더 가까워지기 전에 얼른 만나고 싶다는데. 참, 그리고 휴대폰 번호 좀 알려 줘요. 매번 기숙사로 전화하는 것도 그렇고 근석이 통해서 하는 것도 귀찮아."

그 뒤로 일주일 동안 지오는 약속을 핑계 삼아 성은과 여러 번 연락을 주고받았다. 문자로도 하고 통화로도 했다. 주로 성은이 먼저 연락했는데 남친이 이 학교를 다녀서인지 휴대폰 사용 시간을 잘 알았다. 용건의 대부분은 나중에 만났을 때 해도 되는 이야기들이었지만 지오는 성은과의 대화가 싫지 않았다.

토요일, 카페에는 성은 혼자 나와 있었다. 친구가 갑자기 일이 생겨 약속이 취소됐다고 했다. 그런데 지오는 하나도 서운하지 않았다. 다만 성은과도 바로 헤어져야 한다는 사실이 애석했다. 그사이 여러 번 연락을 주고받아서인지 일주일 새 훨씬 더 친밀감이 느껴졌다.

"좀 전에 일방적으로 취소해서 미처 연락을 못 했어요. 미안. 대신 밥 살게."

성은의 제안이 반가우면서도 근석의 여친과 단둘이 밥을 먹는 게 신경 쓰였다.

"근석이 안 만나나?"

지오는 대답 대신 물었다.

"걘 지금 과외받고 있는데."

외출 날 과외받는 근석이라니, 어울리지 않았다.

"근석이가 과외를 해요?"

"개네 형이 엄청 무섭거든. 삼사관학교가? 거기 다니는데 휴가 나오면 근석이 겁나 잡아. 근석이는 기숙사 생활 엄청 싫어하는데 개네 형이 비용 대 주면서 억지로 있게 하는 거예요. 근석이 엄빠는 오냐오냐하는 편이거든."

둘은 중간중간 말을 놓았다. 그럴 때마다 지오는 성은과의 거리가 성큼성큼 줄어드는 것 같았다.

한 무더기의 아이들이 카페 안으로 들어섰다. 성은이 불안한 기색으로 주위를 신경 쓰다 자리를 옮기자고 했다. 지오는 성은과 자기가 자리를 옮겨 가며 같이 있을 사이가 아님을 알고 있었다. 하지만 공개적인 장소에서 버젓이 만날 사이는 더더욱 아니었다.

"오늘 약속 깨진 대신 밥 사는 거지?"

지오는 확인하듯 물었다. 일말의 꺼림칙한 마음을 떨쳐 버리려면 반드시, 이유가 분명한 밥을 먹어야만 했다. 지오는 근석이 집에 붙잡혀 있다고 생각하자 조금은 편해진 마음으로 자리에서 일어섰다. 앞장선 성은은 골목에 있는 가게로 갔다. 커피와 맥주 같은 음료와 돈가스나 볶음밥, 오므라이스 같은 식사도 함께 파는 곳인데 자리마다 칸막이가 쳐져 있었다.

"혹시나 누가 보면 오해할까 봐."

성은이 말했다. 그건 지오도 마찬가지였다.

외지에서 온 태명고 아이들은 대부분 모범생들이었다. 남자아이들끼리 생활하는 만큼 큰 소리는 수시로 났지만 치고받는 싸움은 거의 없었다. 일진이라고 불리는 아이들도 여느 학교에서처럼 세력을 떨치지는 못했다. 수도 적었거니와 분위기상 조금만 문제를 일으켜도 도드라져 보였기 때문에 쉽게 움직이지 못했다.

표면적으론 문제 없는 것 같았지만 2학년 반 편성이 되자 교실엔 한순간에 힘의 서열이 만들어졌다. 그 서열은 1학년 때보다 더 공고했다. 지오는 입학 때부터 쌓아 온 아웃사이더 이미지를 이용해 그 서열에서 벗어났다. 일진들은 그런 지오를 못마땅해했지만 트집거리가 없으니 어쩌지 못했다. 지오가 힘의 서열에 끼지 않으려고 엄청난 노력을 기울이고 있음을 아무도 알지 못했다.

"맞아요. 오해받아 좋을 일은 없지."

지오는 성은의 말에 동조했다. 근석이 일진이라서가 아니라 누구라도 학교 친구의 여친을 따로 만나는 게 당당하진 않을 거다. 그런데도 지오는 성은과 좀 더 함께 있고 싶었다. 어쩌면 남의 여친이라서 더 매력적으로 보이는지도 몰랐다.

지오는 돈가스를 시키고 성은은 오므라이스를 시켰다. 칸막이가 쳐진 곳에서 여자애랑 단둘이 있는 건 처음이었다. 음식이 나오기를 기다리는데 심장이 펄펄 뛰었다. 성은과 단둘이 있는 게 좋은 만큼 불안했다.

"고3이라 힘들겠어요."

지오가 비정상적인 심장 박동을 달래며 말했다.

“태명고만큼 힘들라고.”

지오와 성은은 어느 결엔가 근석 이야기를 피하고 있었다. 각자의 가슴에서 나온 야릇한 감정이 공기 중에 맴돌며 분위기를 달구었다. 그들은 달콤하고 뜨거운 공기에 서로가 더 가까워지고 있음을 느꼈다. 처음엔 빨리 나오기를 기다렸지만 곧 그 시간이 더 미뤄지기를 바랐던 음식이 테이블 위에 놓였다. 돈가스와 오므라이스라니. 그들이 느끼고 있는 감정과는 너무도 거리가 먼 현실적인 요리였다. 돈가스를 자르고 밥을 떠먹는 일상적인 행위가 주체할 수 없이 피어오르는 감정을 모독하는 것 같았다.

지오는 포크와 나이프에는 손도 대지 않은 채 성은을 바라보았다. 어두컴컴한 조명 아래 있으니 성은은 더 아름답고 분위기 있어 보였다. 성은은 오므라이스를 포크로 쿡쿡 찌르고 달걀부침 위의 케첩을 펴 바르다, 그게 음식이란 걸 깨달은 듯 한 입 먹고 나더니 포기한 채 턱을 괴곤 지오를 바라보았다. 무슨 생각을 하고 있는지 들릴 듯한 눈빛이었다.

그때 성은의 휴대폰이 울렸다. 힐끗 본 성은은 전화를 받지 않았다. 휴대폰은 끈질기게 울렸고 성은이 한숨을 쉬더니 전화를 받았다.

"과외하는 중 아니야? 어, 그랬구나. 응. 나, 친구랑."

성은이 지오를 힐끗 쳐다보았다.

"알았어. 갈게."

전화를 끊은 성은이 갑자기 흑, 하고 울음을 터뜨리며 손바닥에 얼굴을 묻었다. 지오는 당황했다. 그러면서도 성은이 근석 때문이 아니라 자기 때문에 괴로워하고 있다는 생각에 가슴이 부풀었다.

"난 근석이 못 버려. 나한테 까이면 다리에서 떨어져 죽을 거랬어."

성은이 얼굴을 가린 채 말했다. 읍내 가장자리로 흐르는 냇물 위에 놓인 다리? 그 다리는 어떻게 떨어져도 죽을 일은 없을 것 같았다.

"여자랑 헤어졌다고 죽는 놈이 어딨어?"

지오는 어이가 없어 말했다.

"너는 그래?"

성은이 젖은 눈을 동그랗게 뜨고 지오를 바라보았다. 지오는 시험인 줄 알았으면 맞혔을 답을 틀린 것처럼 억울해졌다.

"그, 그게 사람은 누구나 그렇다고."

지오는 자기가 아니라 이 동네 다리가, 사람이 떨어져도 죽을 정도는 아니라고 해명할 타이밍을 놓친 채 변명하듯 말했다.

"아니, 근석이는 그럴 수 있어! 갈래."

성은이 벌떡 일어났다. 지오는 체념하며 근석이 같은 돌대가리는 아무리 낮은 다리에서 뛰어내려도 머리가 깨져 죽을지 모른다고 생각했다.

그때 나갈 줄 알았던 성은이 갑자기 지오 얼굴을 움켜잡고는 키스했다. 달걀 맛과 케첩 맛이 나긴 했지만 온몸이 빨려 들어갈 것처럼 강렬하고 아찔한 입맞춤이었다.

스무 살

석주는 은설과 헤어진 뒤 택시 정류장으로 가면서 자신의 마지막 행동을 후회했다. 전화번호를 종이에 받았다면 택시를 타기 전 구겨서 휴지통에 버렸을 것이다. 하지만 기억 속에 저장한 숫자는 기숙사로 돌아와 공부할 때도, 밥을 먹을 때도, 잠을 잘 때도 뇌리를 떠나지 않았다. 번호를 잊기 위해 순서를 뒤섞어 놓아도 어느 틈에 제자리를 찾아선 신경을 건드렸다.

석주는 2년 전 아저씨 트럭에 찍혀 있던 은월농장 전화번호도 기억하고 있었다. 하지만 은설에게 전화할 생각은 한 번도 하지 않았다. 전화를 걸 용기도 없었고, 아직은 때가 아니라고 여기며 은설을 추억하는 것으로 만족했다. 석주가 상상해 온 모든 일의 때는 대학 합격 이후였다. 그런데 은설을 만났고 휴대폰 번호까지 받았다.

학교로 돌아온 순간, 은설은 다시 기억 속의 은설로 돌아갔다. 추억 속에서만 존재하던 은설이 아주 가까운 곳에 있다. 그것도 딴 사람을 좋아하는 채. 딴 사람을 좋아하는 채. 그 점이 가슴을 요동치게 했다. 석주는 실망스러웠던 모습을 떠올리려 애썼지만 그럴수록 은설을 생각하는 시간만 더 늘어났다. 지금까지는 그 시간이 지난 앨범을 꺼내 보거나 음악을 들을 때처럼 마음에 위안과 휴식을 주었다. 그런데 읍내에서 은설을 보고 온 뒤로는 온갖 강렬한 감정이 휘몰아쳤다. 소중하게 간직했던 추억을 지오가 망가뜨렸다는 게 참을 수 없었다. 학교 밖으로 튕겨 나간 지오 따위가!

석주는 버티고 버티다 은설에게 전화했다. 엄청나게 긴 시간 같았지만 사흘밖에 되지 않았다. 전화하고 싶은 마음과 실랑이를 벌이는 일이 더 힘들었다. 석주가 처음 전화했을 때 은설은 벨 소리가 한 번이 채 울리기 전에 전화를 받았다. 반가워하는 목소리가 떨리는 것 같았다.

"지오 소식이 있어서 건 건 아니야."

석주는 은설의 기대를 깨기 위해 그 말부터 했다.

"그래."

은설의 대답이 시무룩하게 들렸다.

"오빤 잘 지냈어여?"

석주는 그 질문이 과수원에서 지오에게 거절당한 꽃다발을 자신에게 줬던 것과 같은 의미라고 생각했다. 지오가 아니면 누구라도 상관없는 것이다. 혹시라도 지오 소식을 들을까 싶어 석주 전화를 애타게 기다렸던 게 분명했다.

석주는 첫 통화를 하고 난 뒤 다시는 전화하지 말아야지, 혹시 먼저 연락해 오더라도 보기 좋게 씹어 줘야지, 하고 다짐했다. 교실에선 그럴 수 있을 것 같다가도 전체 등수 순으로 배정된 기숙사 방에 오면 숨이 콱 막혀 산소를 찾듯 자기도 모르게 공중전화로 갔다. 3학년 기숙사의 공중전화는 거의 쓰는 애가 없어 자유롭게 사용할 수 있었다. 관계에 변화가 생긴 것도, 길게 통화하는 것도 아니었지만 은설의 목소리를 듣고 나면 하루 내내 가득 차 과부하가 걸렸던 머릿속에 숨구멍이 생기는 것 같았다.

석주는 언젠가부터 부담스러워진 엄마보다 은설과 더 자

주 통화했다. 집에 간 주말 밤이면 래시가 짖는 소리와 부엉이가 우는 소리를 들려주었고, 낮에는 사과나무에 물기가 도는 것, 새순이 돋는 모습, 계곡을 타고 내려온 시냇물 소리가 어떤지 알려 주었다. 아이들이 외출 나갔거나 방에 틀어박혀 공부하느라 적막한 기숙사에서 석주는 마음껏 긴 통화를 했다. 그 덕에 석주는 은설과 함께 과수원을 거닐며 흙냄새를 맡고, 따사로운 햇살과 상큼한 바람에 몸을 맡길 수 있었다.

전화를 끊고 나면 은설이 보고 싶어졌다. 하지만 그 마음만은 누르고 또 눌렀다. 지오를 좋아하는 은설에 대한 마지막 자존심이기도 했고 실제의 은설을 이미 만나서이기도 했다.

석주는 팍팍한 생활에서 한 가닥 위안인 은설을 계속 환상처럼 간직하고 싶었다. 하지만 은설이 이번 주엔 집에 가지 않는다고 했을 때 모든 일을 젖혀 놓고 달려 나가 만났다. 그리고 또다시 실망했다. 그런 시간이 이어지면서 석주는 환상의 자리를 실제의 은설로 채우는 게 점점 좋아졌다. 은설은 석주를 만날 때마다 직접 만든 거라면서 인삼 재운 꿀이나 차를 건네곤 했다.

더 이상 지오 이야기를 꺼내지 않았지만 은설의 얼굴엔 얼핏얼핏 뜻 모를 감정이 스쳐 지나가곤 했다. 그럴 때마다 지오 때문이라는 생각이 들었지만 석주는 질투심을 표출하지 않았다. 환상 속에서 제멋대로 만들어진 허상이 얼마나 쉽게 허물어지는지 잘 알기도 했고, 무엇보다 자기 감정에 책임질 자신이 없어서였다.

가끔은 고백하고 싶은 충동에 사로잡히고, 둘이 사귀는 모습을 수없이 상상하면서도 석주는 시도하지 않았다. 거절당하면 멘탈 관리가 힘들 것 같았고, 사귀면 자신을 통제하지 못할 것 같았다. 무엇보다 오르지 않는 성적 책임을 은설에게 미루게 될까 봐 겁났다. 하지만 결국 은설 때문이라고 원망하는 날이 오고야 말았다.

석주는 집에서 스무 살을 맞았다. 이렇게 우울한 기분으로 스무 살을 맞이하리라곤 상상조차 해 본 적이 없었다. 지원한 의대 수시는 모두 불합격이었고 예비 대기 순위도 가능성이 희박했다. 수능 점수에 맞춰 원서를 넣었던 두 군데 대학에서 합격 통지를 받았지만 조금도 기쁘지 않았다. 4년 내내 열패감에 시달리며 대학에 다니기보다는 평생의 목표를 이루기 위해 재수를 결심했다. 엄마와 아빠도 적극적으로

찬성했다.

엄마는 기숙 학원을 추천했고 석주도 동의했다. 기숙 학원 입소를 며칠 앞두고 석주가 승자들의 축제인 졸업식에 간 건 은설 때문이었다. 은설과 아무런 사이가 아니라고 해도 마무리 인사는 해야 할 것 같았다. 그리고 그런 의식을 치러야 마음 정리가 될 것 같았다. 석주는 함께 가겠다는 엄마한테 아이들과 뒤풀이를 한다고 거짓말을 하고 혼자 학교에 갔다.

우울하기만 할 것 같았던 졸업식은 결과와 상관없이 길고 긴 터널을 빠져나왔다는 후련함을 느끼게 해 주었다. 석주는 3년을 함께 보낸 친구들과 사진을 찍고 나중을 기약했다. 아이들은 자신들에게 어떤 20대가 기다리고 있을지 몰라도 10대보다는 나으리라 믿었다.

졸업식 행사가 마무리돼 갈 즈음, 석주는 은설에게 전화를 걸었다. 신호음이 가기 무섭게 은설이 전화를 받았다.

"졸업식 끝났어? 이제…… 집에 가는 거야?"

은설이 물었다.

"나올래? 놀다 저녁 먹자."

이제 정말 작별이라고 생각하니 가슴을 통째로 들어내는 것 같았다. 은설은 서울에 있는 대학으로 올 성적도 되지 않았고, 아빠와 과수원을 두고 멀리 갈 생각도 없다고 했다. 석주도 재수를 결정한 마당에 어떤 것도 기약할 자신이 없었다. 그런데 은설이 하숙하는 집으로 오라고 했다.

"할머니 팔순이라 온 식구가 여행 가서 나 혼자여."

석주는, 그런데 왜 은월에 가지 않았는지에 대한 의문보다 '빈집에서 단둘이'가 먼저 상상돼 심장이 펵펵 뛰었다. 그 마음을 보기라도 한 듯 은설이 덧붙였다.

"오늘 졸업식 하는 학교가 많아서 어딜 가든 마캉 복잡할기여. 그카니까 집에서 뭐 시키 묵자."

다른 뜻은 없으니 오해하지 말라는 뜻이다. 하긴 집에 간다고 빠져나왔는데 뒤풀이하는 아이들이라도 만나면 민망할 것이다. 혼자 있는 집에 부를 만큼 내가 편한 거야. 나도 그렇게 은설을 대하면 돼. 석주는 은설과의 관계 진전을 위해 그동안 아무런 시도도 하지 않은 걸 다행으로 여겼다. 그랬기에 오늘 만나는 걸로 쿨하게 정리하면 됐다.

"그래. 내가 살게."

석주는 학교 앞에서 택시를 타고 은설이 사는 집으로 갔다. 몇 번 바래다준 적이 있어서 잘 알았다. 석주는 집 가까이에 있는 시장 앞에서 차를 세웠다. 꽃집에서 졸업식을 위해 만든 꽃다발을 하나 사 든 석주는 은설네 집을 향해 전속력으로 뛰었다. 은설이 패딩으로 몸을 감싼 채 대문 앞에 나와 기다리고 있었다. 석주는 가쁜 숨을 몰아쉬느라 어깨를 들썩이며 은설에게 꽃다발을 내밀었다.

"졸업식 때 받은 기여?"

꽃을 받아 든 은설이 향기를 맡으며 물었다.

"응. 들고 다니기 번거로우니까 너 가져."

석주는 은설을 따라 대문 안으로 들어갔다. 작은 마당이 있는 주택 안으로 들어가는데 왠지 큰 잘못을 저지르는 느낌이었다. 편해졌다고 생각했는데 '집에, 단둘'이라서 그런 모양이었다. 석주는 신을 벗고 거실로 들어섰다. 은설이 문이 열린 방을 가리키며 말했다.

"여게가 내 방이여."

침대와 책상, 작은 옷장 등이 보였다. 석주는 은설의 방 안을 똑바로 보지 못한 채 괜스레 거실을 두리번거리며 엉거주춤 서 있었다. 지은 지 몇 년 안 됐다는 집은 내부 구조가 아파트와 비슷했다.

"내 방은 좁으니까 거실이 편하겠지? 소파에 앉아여. 패딩 벗고."

석주는 로봇이라도 된 것처럼 은설의 말에 따라 패딩을 벗고 거실 소파에 앉았다. 은설은 꽃을 자기 방 벽에 박힌 못에 거꾸로 걸어 놓았다. 방에서 나오다 석주와 눈이 마주치자 은설이 말했다.

"물에 담가 놓으마 얼마 안 가 시들지만 말리마 한참 볼 수 있어. 향기도 오래 가고."

은설은 잠시 뒤 국화차와 약과를 내왔다.

"이 국화차 아줌마랑 할머니랑 같이 만든 기여. 산 기보다 향이 좋아여."

탁자 위에 쟁반을 내려놓은 은설은 석주 옆에 앉았다. 긴 소파 하나뿐이어서 바닥이 아니면 석주와 나란히 앉을 수밖에 없었다. 은설이 앉자 소파가 꿀렁하고 움직였다. 함께 출렁거렸던 석주의 심장이 또다시 뛰기 시작했다. 장석주, 오늘이 마지막이야. 석주는 자신에게 말하며 차를 마셨다. 국화 향이 진했다.

"어때여? 향 좋지?"

석주는 고개를 끄덕였다. 은설의 얼굴이 환해졌다.

"오빠, 우리 시키 묵지 말자. 내가 밥해 줄게여. 나 인제 반찬도 잘 만들어여."

이렇게 벌서는 것처럼 앉아 있는 것보다 뭐라도 하는 게 좋을 것 같았다.

“그래. 나도 도와줄게.”

“돼지고기 김치찌개 어때여?”

“좋아!”

석주에게 감자와 마늘을 까라고 시킨 은설은 쌀을 씻어 안쳤다. 석주는 난생처음 마늘을 까며 은설이 냉장고에서 김치를 꺼내 썩썩 자르고, 냄비에 돼지고기를 넣어 달달 볶는 모습을 지켜보았다. 은월농장에서보다 훨씬 능숙했다. 은설이 김치찌개 준비를 다 마칠 때까지 석주는 마늘 다섯 쪽을 겨우 깠다. 이제 감자를 까려고 칼을 잡는데 은설이 빼앗아 갔다.

“이리 줘. 손 비겄네.”

잠시 실랑이가 벌어졌지만 석주는 칼을 은설에게 넘겼다.

“넌 완전 프로 같다. 근데 너 혹시 여기서 방값 대신 집안일 해?”

석주가 진지한 표정으로 묻자 은설이 웃으며 팔뚝을 찰싹 때렸다.

“무신 소리여? 내가 갈쳐 달라고 빌어서 배우는 거거든.”

"알았어. 근데 너 힘세다. 엄청 아파."

석주는 은설의 손이 닿았던 팔뚝을 문지르며 말했다.

"더 때려 주까? 정신 번쩍 나구로?"

은설이 장난스레 주먹을 내밀자 석주는 도망가는 시늉을 했다. 그 덕에 어색함과 긴장감으로 굳어 있던 분위기가 풀어졌다.

얼마 뒤 석주와 은설은 갓 지은 밥과 김치찌개, 밑반찬 몇 가지가 놓인 식탁에 마주 앉았다.

"잘 먹겠습니다."

석주가 말하며 숟가락을 들어 김치찌개부터 떠먹었다. 칼칼하고 시원했다. 석주가 엄지손가락을 내밀자 은설은 그제야 마음이 놓인 듯 숟가락을 들었다. 마주 앉아 밥을 먹고 있으니 저절로 은월농장에서의 식탁이 생각났다. 은설도 그런 모양인지 지오 이야기를 꺼냈다.

"지오 오빠는 어야 지내고 있으까?"

석주는 그 말이 날카로운 돌처럼 심장에 박히는 것 같았다. 은설에게 지오는 아직 깨지지 않은 환상이었다. 깨지기 전까지 환상은 그 어떤 실상보다 힘이 세다.

"그 자식이 그렇게 궁금해?"

석주가 퉁명스레 물었다.

"그카마 오빠는 안 궁금해여? 오빠 졸업하니까 더 생각나네. 오빠들 우리 집에 왔던 날 밤에 잠이 안 와가 원두막에 갔었어."

드디어 '어젯밤' 이야기가 나왔다. 쿨한 작별을 망치려는 건가. 석주는 등줄기가 꼿꼿하게 서는 느낌이 들었다.

"근데 지오 오빠가 나타나는 기여. 그때 오빠가 만든 노래를 불러 줬는데 지금도 가끔 생각난다. 죽은 엄마가 딸한테 해 주는 말을 담은 가사였는데 참말 좋았어여. 멜로디도 잔잔하고. 노래 부르는데 참 슬퍼 보였어. 지오 오빠도 나마냥 아빠랑만 살아가 그런지 외로운 사람 같아여."

그 밤에 지오가 노래를 불렀다는 건 이미 들어서 알았다. 은설이 숨긴 게 있는지는 몰라도 '어젯밤' 일은 그게 다인 것 같았다. 그런데 노래를 '부른' 것과 '불러 준' 건 느낌과 의미가 달랐다. 지오는 부른 건데 은설은 불러 준 걸로 받아들였을 수도 있고, 지오 녀석이 작정하고 꼬신 걸 수도 있다. 학교에서는 입도 뻥긋하지 않던 가족 이야기를 들먹거리면서. 그런 얕은수에 넘어가서 지금까지 생각하고 있다니. 지난 1년 내내 은설 곁에 있었던 사람은 석주 자신이었다. 그러느라 시험도 망쳤다.

"내가 장담하는데 넌 지오 스타일 아니야."

석주가 불퉁스레 말했다. 그 말에 은설이 장난스러운 표정으로 물었다.

"그라믄 오빠 스타일은 뭔데? 청순? 귀여움? 깨발랄?"

석주는 은설이 지오 이야기를 할 때는 진지하면서 자기에게는 장난처럼 구는 게 더 화났다.

"암튼 넌 지오 스타일 아니라니까. 그렇게 지오가 좋으면 지금이라도 찾아 줘?"

석주는 자기도 모르게 언성을 높였다. 은설이 석주를 빤히 바라보았다. 눈에서 웃음기가 사라졌다.

"그런 말 아닌 거를 모르겠어?"

"그럼 뭔데? 지오 자식 이야기는 왜 하는 건데?"

쓸쓸한 은설의 표정에 석주는 누군가 심장을 마구 으깨고 헤집는 것 같았다.

"오늘이 마지막이라고 생각하니까 인제 오빠도 지오 오빠마냥 내 인생에서 사라지는 기구나, 그카는 생각이 들어가 말한 기여."

석주는 벌떡 일어섰다. 은설의 말을 더 듣는 게 겁났다.

난 사라지지 않아. 계속 네 곁에 있을 거야. 그런 말을 하게 될까 봐 두려웠다. 석주는 식탁 위의 빈 그릇을 개수대로 가져갔다. 그리고 설거지를 하기 시작했다. 은설은 말리는 대신 식탁을 정리했다.

석주는 설거지를 마치면 곧바로 이 집에서 나가 기차역으로 가겠다고 마음먹었다. 작별 의식은 충분히 치렀다. 이 집에서 나가는 순간 은설을 지우고 다음 수능에 올인 할 거다. 그런 생각을 하던 석주는 굳은 듯 움직이지 못했다. 등 뒤에서 은설이 허리를 안았기 때문이었다.

"오빠, 고마워여. 오빠 아니었으마 여기서 지내는 기 더 힘들었을 기여."

등을 타고 들려온 은설의 목소리가 심장을 두드렸다. 터질 것 같은 석주의 심장이, 스무 살이라고 말하고 있었다.

그날 밤

음료수를 마시고 돌아와 보니 옆자리의 남자는 보이지 않았고 일행으로 보이는 중년 여자 두 명이 자리를 차지하고 있었다. 지오가 그 앞에 서자 화려한 꽃무늬 블라우스를 입은 아주머니가 뒷자리를 가리키며 말했다.

"학생, 우리 일행이라서 그러는데 자리 좀 바꿔 주면 안 될까?"

뒤쪽 창가 자리엔 양복 입은 아저씨가 앉아 있었다. 내키지 않았지만 이미 자리를 차지하고 있는 사람에게 비키라고 할 수도 없었다. 지오는 말없이 기타를 선반에 올려놓고 아저씨 옆에 앉았다. 기차에서조차 제자리를 잡지 못한 채 이리저리 옮겨 다니는 모습이 꼭 자기 삶처럼 느껴졌다.

지오는 등받이에 몸을 기대고 눈을 감았다. 하지만 앞에서 들려오는 목청 높은 수다와 옆의 아저씨에게서 나는 술 냄새 때문에 잠을 잘 수가 없었다. 대신 상념들이 피어올랐다. 마치 과거를 향해 달리는 기차를 탄 듯 거슬러 올라가고 있던 지오의 기억은 1학년 어느 봄밤에서 멈추었다.

꿈자리가 어지러웠다. 내용도 잘 생각나지 않는 악몽에서 깨어나니 목덜미는 땀으로 축축했고 심장은 높이 뛰었다. 옆에서 고른 숨소리가 들려왔다. 평소처럼 여럿이 아니라 한 명의 숨소리였다. 그 숨소리에 가슴이 진정되면서 자신이 누워 있는 곳이 어디인지 생각났다. 기숙사가 아니라 마음씨 좋은 어느 아저씨네 집이고 평온한 숨소리의 주인은 석주였다.

가슴은 가라앉았지만 바로 잠이 오질 않았다. 지오는 옆을 바라보았다. 창으로 비쳐 든 달빛에 석주의 잠든 얼굴이 어슴푸레 보였다. 기숙사 방에선 악몽을 꾸던 녀석이 여기선 아기처럼 평화로운 모습이었다. 지오는 천장을 바라보았다. 오후의 일들이 떠올랐다.

티격태격하기도 했지만 지오와 석주는 서로를 의지하며 이곳까지 왔다. 눈부신 햇살과 싱그러운 바람이, 함께한 시간이 한낱 해프닝으로만 여겨지지는 않았다. 지오는 석주가 의젓한 척하는 친척 동생처럼 우스우면서도 귀여웠다. 자전거 여행이 인생 최고의 일탈일 것 같은 석주 옆에 있는 동안 지오도 조금은 순수해지는 기분이었다. 석주에 비하면 자신의 삶은 어둡고 거칠고 너덜거리는 것 같았다.

그대로 잠들었다간 또 악몽을 꿀 것 같아 지오는 자리에서 일어났다. 바깥 화장실에서 소변을 보고 나오니 달빛과 함께 이슬에 젖은 흙냄새가 대기를 가득 메우고 있었다. 퀴퀴하면서도 무언가 활발하게 움직이고 있는 것 같은 냄새였다. 지오는 심호흡을 했다.

그때 밤새 소리가 들려왔다. 구슬프고 청승맞은 소리였다. 그 소리가 아직은 오염되지 않은 지오의 깊은 어딘가를 건드렸다. 상처로 가득한 곳이기도 했다. 밤새 소리가 들려오는 한은 방으로 들어가도 편히 잠들지 못할 것 같았다. 석주 곁이라 더 춥고 외롭게 느껴질 것이다.

우두커니 서서 새소리가 들려오는 산 쪽을 바라보던 지오는 시선을 집중했다. 제집에서 자는 줄 알았던 래시가 달빛에 펄쩍펄쩍 뛰는 게 보였다. 은설의 목소리도 들려왔다. 과수원에서 무얼 하기에는 너무 늦은 밤이었다. 지오는 궁금해져 텃밭과 과수원이 시작되는 산비탈 사이로 난 길을 따라 걸어갔다. 길섶의 풀들이 발목을 휘감을 때마다 섬뜩했다.

"래시, 가마이 못 있어?"

원두막에서 들려오는 은설의 목소리가 아니었으면 무서움을 이기지 못하고 돌아왔을 것이다. 래시가 밭에서 컹컹 짖으며 겅중거렸다.

"래시, 그만해여! 어? 지오 오빠네."

지오가 다가가자 은설이 옆으로 비켜 앉으며 자리를 내주었다.

"잠 안 자고 여기서 뭐 해?"

"잠이 안 와서. 석주 오빠는 자여?"

"뻗었어. 오늘 고생 많이 했거든. 안 무서워?"

지오는 양손으로 바닥을 짚으며 은설 옆에 앉았다. 달빛이 스며든 개울 건너 산에서 신비로운 기운이 덩굴처럼 뻗어 나와 주위를 휘감는 것 같았다.

"여게서 나서 이때껏 살았는데 뭐가 무서워여. 오빠는 와 안 자고 나왔어여?"

은설의 목소리에 웃음이 배어 있었다.

"화장실 갔다가 잠이 깨서. 근데 래시는 왜 저러는 거야?"

지오가 래시를 가리켰다.

"두더지 보고 저라는 기여."

그때 다시 마음을 불편하게 하는 새소리가 들렸다.

"저 소리, 무슨 새야?"

지오가 물었다. 잠시 귀를 기울이던 은설이 말했다.

"소쩍새 말하는 기여?"

"소쩍새? 이상한 이름이네."

"소쩍새 전설 몰라?"

은설은 옛날 너무 가난해 늘 자기 밥은 없었던 며느리가 굶어 죽어서 소쩍새가 됐노라고, 그래서 솥이 적다고 소쩍소쩍 우는 거라는 이야기를 들려주었다. 둘은 잠시 소쩍새 우는 소리를 들었다. 어떤 상상력 많은 인간이 새소리를 듣고 그럴싸하게 지어낸 이야기에 세월의 이끼가 덮여 전설이 된 모양이었다. 그렇게 생각하면서도 지오는 영원히 가질 수 없는 것들에 대한 허기가 몰려오는 걸 느꼈다. 그 생각을 떨쳐 내기 위해 지오는 입을 열었다.

"은설이는 여기, 늘 자연 속에서 사니까 좋겠네."

사실 지오가 하고 싶었던 말은 '여기 사는 거 답답하지 않아?'였다. 지오는 자연으로 둘러싸인 학교가 답답하고 지겨웠다. 그런데 시골에 사는 은설에게 그렇게 묻는 건 예의가 아닌 것 같았다.

"좋을 적도 있고 싫을 적도 있어. 애들하고 시내 나가마 없는 기 없는 도시가 좋았다가 대전 이모네 아파트에 가마 답답한 기 여기가 좋았다 그래여. 오빠는 내랑 반대겠네. 학교에 있으마 집이 막 그립지?"

지오는 아빠뿐인 집을 떠올렸다.

"뭐, 별로. 실은 나도 너처럼 아빠랑 둘이서만 살아. 집에 가도 남자들끼리라 할 말도 없고 뻘쭘하고 그래."

"와 아빠랑 둘이 사는지 물어봐도 돼여?"

"부모님이 이혼하셨어."

다른 때와 달리 지오는 솔직하게 말했다. 둘 사이에 있는 어둠과, 헤어지면 다시 볼 일 없을 거란 생각이 그렇게 만들었다.

"엄마는 자주 봐여?"

"영통은 가끔 하지만 직접 만나는 건 작년 봄에 보고 못 봤어. 동생하고 캐나다에서 살거든."

캐나다를 떠나온 지 어느새 1년이 됐다. 엄마에 대한 그리움이 왈칵 몰려왔다.

"그동안 엄마가 돌아가시가 아주 못 보는 기보단 이혼한 기 훨씬 낫다고 생각했었는데, 살아 있는데 못 만나는 기 어쩌면 더 힘들 수도 있겠네여."

그리고 은설은 덧붙여 말했다. 지오가 쾌활한 모습으로 너스레를 떨어도 어딘가 쓸쓸해 보였다고. 지오는 은설에게 속내를 털어놓은 게 후회됐고 자신의 그늘을 꿰뚫어 본 은설이 불편해졌다.

지오는 자기와 같은 부류의 사람들이 싫었다. 차라리 석주처럼 세상이 환하고 따뜻한 줄만 아는 아이가 대하기 편했다. 그러면서도 한편으로는 빛과 온기 밖의 세상에 무지한 석주한테 질투와 심술이 일었다.

석주가 은설한테 관심 있어 하던 게 생각났다. 지오는 은설에게 아무런 감정이 없었다. 달빛 아래 단둘이 있는데도 여동생처럼 여겨질 뿐이었다. 지오는 은설이 아니라 세상이 자기 마음먹은 대로 흘러갈 거라고 믿고 있는 석주의 마음을 무너뜨리고 싶었다. 머릿속에 노래 하나가 떠올랐다.

"노래 불러 줄까? 내가 처음 만들었던 노래야."

은설이 손뼉을 치며 좋아했다. 캐나다 학교에서 문학 선생한테 칭찬 들었던 노래였다. 지오는 한국으로 돌아온 작년 음악 수행평가 때 가사를 번역해서 불렀다. 지오는 기타가 없는 걸 아쉬워하며 흥얼흥얼 불렀다.

어릴 때 엄마가 말해 줬었네.

날마다 저 태양이 떠오르는 건 네가 얼마나 예쁜지 비춰 주기 위해서란다.

날마다 저 달이 떠오르는 건 네게 밤마다 예쁜 꿈 펼쳐 주기 위해서란다.

밤마다 저 별이 떠오르는 건 네가 혼자가 아니란 걸 알려 주기 위해서란다.

세상을 떠난 엄마와 딸이 주고받는 내용으로 이루어진 시이니 은설에게 잘 맞았다. 은설의 눈이 지오에게 붙박인 채 떨어지지 않았다. 상처받은 석주의 모습이 보이는 듯했다. 지오는 곧바로 자신의 치기 어린 마음과 행동을 후회했다.

자전거 여행에서 돌아온 뒤 지오는 석주가 다가오면 받아

주겠다고 마음먹었다. 딱히 잘 맞는 타입은 아니었지만 비밀을 공유한 친구 하나쯤 있는 것도 괜찮을 것 같았다. 그런데 학교로 돌아온 석주는 지오를 멀리하려는 기색이 역력했다. 지오가 혹시라도 자전거 여행에 대해 발설할까 봐 걱정하는 눈치였다. 지오는 여행을 아예 없었던 일로 치고 싶어 하는 듯한 석주에게 관심을 거두었다. 그리고 중간고사 성적으로 기숙사 방 배치를 다시 해서 석주와 다른 방으로 나뉘었다.

교실에는 기숙사 방보다 먼저 두 개의 서열이 자리 잡았다. 성적과 힘. 성적 서열이 혼전을 거듭하는 사이, 일찌감치 굳어진 힘의 서열은 세력을 과시할 표적을 찾고 있었다. 지오의 도서관 출입은 곤충이나 동물이 보호색을 이용하는 것과 비슷한 행위였다. 책을 그다지 좋아하지 않으면서도 도서관이, 자신에게 시비 걸 만한 아이들하고 가장 거리가 먼 공간임을 본능적으로 알아차렸다.

지오는 비루함과 비열함, 비정함 같은 인간의 속성을 낱낱이 까발리는 소설들이 좋아 현대 문학에서부터 고전까지 섭렵했다. 그리고 작품의 인물을 통해 남들 또한 자기와 다르지 않음을 보며 위안을 받았다. 또 등장인물들의 파란만장한 삶을 통해 인생에는 여러 번의 계기와 기회가 있다고 말해 주는 게 비록 소설일지라도 좋았다.

『호밀밭의 파수꾼』에서 주인공 홀든은 좋은 책을 '그 책을 읽고 나서 작가에게 전화하고 싶게 만드는 책'이라고 했다. 지오가 생각하는 좋은 책은 다음 이야기가 궁금해 책장을 넘기려는 마음과, 문장의 의미가 깊어 그 장에 머무르고 싶은 마음이 강하게 충돌해, 다 읽기도 전에 한 번 더 읽고 싶어지는 책이었다. 그런 책을 만나면 지오는 미지의 세계로 들어선 듯 가슴이 뛰었다.

그 모든 것 이전으로

석주는 엄마가 자기 짐들을 트렁크에 싣는데도 주머니에 손을 넣은 채 멍하니 서 있었다. 룸메이트의 전기이발기로 밀면서 버텼던 머리가 밤송이 같았다. 석주는 아직 시험이 끝났다는 사실이 실감 나지 않았다.

지난 9개월 동안 석주는 잠자는 시간과 밥 먹는 시간 외에는 기계처럼 오로지 수능 시험을 위해 공부했다. 그리고 어제, 미리 학원이 있는 지역으로 주민등록을 옮겨 놓아 근처 학교에서 시험을 봤다. 가채점을 해 보니 노력은 헛되지 않아 석주는 아는 문제는 틀리지 않았다.

"아들, 타."

트렁크를 닫은 엄마가 운전석으로 가며 말했다. 어젯밤에 한 통화로 가채점 점수를 알고 있는 엄마는 석주를 보자마자 꼭 안아 주었다. 그러면서 마음껏 기뻐하는 건 나중에 하자며 감정 표현을 아꼈다. 점수가 잘 나왔어도 합격까지는 아직 많은 변수들이 남아 있어 전략을 잘 짜야 했다. 그 일은 엄마가 알아서 해 줄 것이다.

석주를 태운 차는 기숙 학원을 빠져나갔다. 석주의 눈이 농구 코트 옆에 서 있는 나무에 머물렀다. 처음 들어올 때는 죽은 것처럼 빈 가지로 서 있었다. 차츰 가지에 물이 돌고 잎과 꽃이 피어나더니 가지 사이로 바람이 불고 우듬지 위로 노을이 번지고 별이 떴다. 그리고 지금은 이곳에 들어왔던 때처럼 다시 잎을 떨구고 침묵에 잠길 준비를 하고 있었다. 석주는 끝내 나무 이름을 알지 못한 채 -궁금해하지도 않은 채- 학원을 떠났다. 나중에 혹시라도 재수 시절을 생각한다면, 스무 살을 생각한다면, 이름을 알지 못하는 나무가 떠오를 것이다. 그리고 은설…….

엄마는 석주가 쉴 수 있도록 잔잔한 클래식 음악을 틀었다. 석주는 의자를 젖히고 몸을 뉘었지만 마음은 편해지지 않았다. 나무가 계절과 날씨에 따라 달라 보였던 것처럼 은설에 대한 석주 마음 또한 시시각각으로 바뀌었다. 하지만 그것이 어떤 감정이든 마지막은 모멸감으로 끝났다.

졸업식 날, 석주는 마지막이라고 생각하고 만났던 은설과 몸을 섞었다. 먼저 안은 건 은설이었지만 그 뒤부턴 함께였다고 생각했다. 은월농장에서 은설을 처음 본 순간부터 켜켜이 쌓아 온 모든 게 드디어 만개한, 또는 폭발한 시간이었다. 서툴고 두려우면서도 행복했다. 감동과 충만함을 느꼈던 석주는 은설도 같은 감정일 거라고 믿었다. 할 수만 있다면 이 시간을 영원으로 만들고 싶었다. 하지만 둘 앞엔 이별이 기다리고 있었다.

안타깝고 조급해진 석주는 은설에게 자신은 재수를, 은설은 고3을 열심히 보내고 수능을 치른 뒤 다시 만나자고 했다. 프러포즈라고 여길 만큼 진심이었다. 은설이 무슨 말인가 하려는 순간 마치 지켜보고 있었던 것처럼 엄마한테 전화가 왔다.

석주는 후다닥 일어났다. 시험을 망쳐 놓고도 정신 차리지 못한 채 은설과 사고를 치고, 수능 뒤의 만남까지 약속하고 있다는 사실에 강한 죄책감이 들었다. 석주는 허둥지둥 교복 바지를 입고 셔츠 앞섶을 여몄다. 그러는 사이 멈췄던 진동음이 다시 울렸다.

"전화 받아."

은설이 일어나서 방을 나갔다. 엄마는 석주가 자고 올 건지, 오늘 올 건지 물었다. 아직 막차까지는 시간이 남아 있었다. 엄마에게 알려 주기로 하고 까맣게 잊어버렸다.

"아, 아직 모르겠어."

"조용하네. 애들하고 같이 있는 거 아냐?"

"바, 밖에 나와서 받는 거야."

"알았어. 오늘 오든지, 안 오든지 연락해, 꼭."

엄마와 통화를 마치고 거실로 나가니 은설이 소파에 앉아 있었다. 석주는 그 옆에 가서 앉았다. 엄마에게 느끼는 죄책감의 부피가 은설에 대한 사랑의 크기 같았다. 어깨를 안으려는데 은설이 손길을 떨치듯 벌떡 일어나 방으로 갔다. 허공의 팔을 무안해하는 사이 은설이 석주의 외투를 가지고 나왔다. 그러곤 석주에게 외투를 건네며 말했다.

"오늘 일은 나 때메 일어난 거니까 책임 질라고 애쓰지 마여. 내 신경 쓰지 말고 수능 공부 열심히 해여."

둘 사이에 있었던 일을 별것 아닌 걸로 치부하는 목소리였다. 외투까지 내밀자 내쫓기는 기분이 들었다. 석주는 수능을 망치고 엄마를 배신한 자신의 진심을 몰라주는 은설에게 큰 상처를 받았고 모멸감까지 느꼈다.

막차를 타고 영동을 떠나온 석주는 다음 날 휴대폰을 해지했다. 혹시라도 자기가 속없이 전화할까 봐 걱정됐고, 만약에 은설이 전화했을 때 결번이라는 안내가 상실감과 후회를 안겨 주길 바랐다. 그리고 기숙 학원에 들어갔다. 이젠 소용없어. 늦었어. 난 애초에 너같이 별 볼 일 없는 애가 넘볼 상대가 아니었다고. 은설이 뒤늦게 후회하며 자신에게 매달릴 때 냉정하게 돌아서는 것. 그 광경을 상상하는 게 석주가 은설에게 할 수 있는 유일한 복수였다. 그 생각이 석주를 감옥 같은 학원에서 버티게 해 주었다.

서울로 들어선 차가 강변을 달리기 시작했다. 석주는 그제야 시험이 끝났으며 일상으로 돌아가고 있다는 게 실감이 났다. 멀리 다리 위로 기차가 지나가는 게 보였다. 기차를 보자 그동안 품었던 독기가 무색하게, 그저 공부하느라 만남을 유예했던 사이인 것처럼 은설이 그리워졌다. 시험은 잘 봤을까? 조리학과나 식품영양학과 같은, 음식과 관련된 공부를 하고 싶다고 했는데.

석주는 당장이라도 은설에게 달려가고 싶었다. 9개월 전 일이 방금 전인 양 생생하게 느껴졌다. 은설의 눈빛, 은설의 향기, 은설의 감촉이 실제인 것처럼 떠올라 못 견디게 보고 싶어졌다. 또 한편으론 그런 자신이 못나 보였다. 석주가 벌떡 몸을 일으키자 엄마가 "왜? 어디 불편해?" 하고 물었다.

"너무 더워."

석주는 시트의 전열 버튼을 끈 다음 창문을 열었다. 싸늘한 바람이 밀려들어 왔다. 그 바람이 마음을 식혔다.

집에 도착한 석주는 새 휴대폰을 만들고 미용실에 가서 머리를 다듬었다. 학원과 평가원 등에서 분석한 올해의 수능 난이도와 등급 컷 예상을 놓고 볼 때 큰 이변이 없는 한 운도 석주를 따라 줄 것 같았다. 엄마는 입시 컨설팅 업체들과 연락하며 정시 지원 전략을 짜기 시작했다.

석주는 대학 입시 준비를 고등학생 때부터가 아니라 태어나면서부터 한 기분이었다. 그 길고 긴 과정을 비로소 끝냈음에도 불구하고 밤마다 시험 시간에 늦고, 답안지를 잘못 쓰고, 엉뚱한 고사장에 앉아 있고, 이름을 안 쓰는 악몽에 시달리느라 잠을 설쳤다. 분명히 시험은 끝났는데도 뭔가 아직 끝내지 못한 기분인 건 은설 때문이었다. 그리움이든 복수심이든 아직 은설과는 끝난 게 아니었다.

석주는 다음 날 오후, 편하게 통화할 수 있는 시간을 재고 재며 지난 9개월보다 더 긴 것 같은 몇 시간을 보낸 뒤 마침내 은설의 전화번호를 눌렀다. 바위에 새겨진 글씨처럼 잊히지 않던 숫자였다. '시험 잘 봤어?' 그 문장을 얼마나 여러 가지 버전으로 연습했는지 몰랐다. 번호를 누르는 동안에도 손이 떨리고 침이 말랐다. 하지만 없는 번호라는 음성 안내가 은설의 목소리를 대신했다. 바윗덩이 같은 게 날아와 가슴에 퍽하고 구멍을 낸 느낌이었다. 은설은 어땠을까? 내게 혹시라도 전화했다면, 그런데 결번이었다면 은설도 지금 나와 같았을까?

재학생들은 수능이 끝나고도 학교에 나간다. 석주는 은설이 하숙하고 있는 집으로 전화할까 하다가 포기했다. 전화로 말하는 게 더 어렵고 어색해 차라리 직접 만나는 게 나을 것 같았다.

석주는 은설에게 가기로 마음먹었다. 시간이 흐른 만큼 이번에는 은설의 진심을 알 수 있을 것이다. 만일 이번에도 은설의 태도가 그날과 같으면 깨끗하게 잊을 작정이었다. 한편으로는 그것도 나쁘지 않다는 생각이 들었다. 이제 석주 앞에는 환한 미래만이 기다리고 있다. 대학에 가서 얼마든지 여자 친구를 사귈 수도 있다. 그러면 은설도, 은설과 있었던 일도 다 잊게 되겠지. 그 생각을 하자 홀가분해졌다.

월요일 아침, 석주는 집을 나섰다. 주말에라도 가고 싶었지만 혹시 집에 갔을지 몰라 월요일이 되기를 기다렸다. 석주는 기차를 타기 전 백화점에 들러 향수와 립스틱을 샀다. 스무 살이 된 은설을 축하해 주고 싶었다. 카드에 무어라 쓸까 고민하다 수능 치르느라 수고했다는 말만 적은 뒤 함께 넣었다. 쇼핑백을 백팩에 넣으려다가 구겨질 것 같아 손에 들었다.

영동역에서 내린 석주는 화장실 거울에 모습을 비춰 보았다. 고등학생 때보다 더 꺼칠해진 얼굴에 설렘과 불안이 교차하고 있었다. 졸업하고 처음으로 왔는데도 찾아가고 싶은 선생님이나 만나고 싶은 영동 아이는 한 명도 떠오르지 않았다.

석주는 역 앞에서 택시를 타고 은설네 학교로 갔다. 감나무에 매달린 홍시들이 빨간 등 같았다. 석주는 교문이 마주

보이는 분식집에 들어가 앉았다. 예상대로 점심때쯤 되자 3학년들이 쏟아져 나왔다. 분식집으로 들어오는 학생들도 있었지만 은설은 끝까지 보이지 않았다. 아무리 많은 아이들 틈에 섞여 있어도 단번에 은설을 찾을 수 있을 줄 알았는데 아니었다. 분식집에 들어온 아이들을 붙잡고 은설의 행방을 묻기에는 용기가 나지 않았다. 교문을 나오는 학생들이 더는 보이지 않게 됐을 때 석주는 분식집을 나와 하숙집으로 전화를 했다. 석주는 그 번호도 기억했다. 할머니가 전화를 받았다.

"여보시우."

"안녕하세요? 저, 은설이 있으면 좀 바꿔 주세요."

석주는 자신을 무어라 소개해야 할지 몰라 곧바로 용건을 말했다.

"우리 아들 지금 없는디."

"그게 아니고요. 은설이요, 한은설. 그 집에서 하숙하는 학생이요."

그때 분식집 주인이 쫓아 나와 석주에게 은설의 선물이 든 쇼핑백을 건넸다.

"아아, 종규 딸내미."

은설은 가끔 장난스레 자기 아빠를 '우리 종규 씨'라고 부르곤 했다.

"네. 집에 있으면 좀 바꿔 주세요."

"없어."

"학교에서 아직 안 왔어요?"

"은월 갔어."

"네? 언제요?"

평일인데 이상했다.

"버얼써. 몇 달 됐어."

"몇 달이요? 왜요?"

다시 집에서 통학하는 건가?

"왜는. 애 낳으러 갔지."

"예?"

"애기 낳으러 갔다구."

애 낳으러 갔다니. 다른 사람하고 혼동하는 모양이었다. 할머니에게 치매기가 보이기 시작해 식구들이 걱정한다는 이야기를 들었던 기억이 났다. 석주가 대화를 포기하고 전화를 끊으려는 순간 할머니가 말했다.

"종규 딸내미가 애를 뱄잖어. 낳을 때 됐을걸."

"네? 그게 무슨……."

무언가로 머릿속을 도려낸 것처럼 아무 생각도 나질 않았다. 세상 전체에 음소거를 한 듯 소리도 들리지 않다가 한순간에 검은 천을 뒤집어쓴 양 눈앞이 캄캄해졌다.

"어린애가 애를 뱄다구. 그래서 핵교두 관두고……."

석주가 멍한 채 있는데 "어무이, 누구한테 무슨 얘길 하고 있는 거여?"라는 말과 함께 웬 남자가 "여보세요?"라고 했다. 그 순간 석주는 깜짝 놀라 휴대폰을 떨어뜨렸다. 휴대폰을 주워 통화 정지 버튼을 누르는 손이 마구 떨렸다. 석주는 다리가 풀려 가로수에 기대섰다. 써늘한 기운이 등을 타고 전해져 왔다.

은설에게 무슨 일이 있었던 걸까? 석주는 할머니의 말을 암호 해독하듯 다시 떠올렸다. 할머니가 말했다. 애 낳으러 은월에 갔다고. 종규 딸내미가 애를 뱄다고. 애를 배서 학교를 그만뒀다고. 은설이 임신해서 학교를 그만두고 애를 낳으러 은월 집에 갔다는 것이다, 지금. 그렇게 정리하기까지 시간이 얼마나 지났는지 몰랐다.

석주는 용기를 짜내 은월농장으로 전화했다가 아저씨가 받자 이번에도 황급하게 끊었다. 은설보다 아저씨가 더 무서웠다. 온갖 상상으로 머릿속이 들끓다가 텅 비기를 반복해 제대로 생각이란 걸 할 수 없었다. 간신히 내린 결론은 은설을 만나 보자, 만나서 확인하자, 였다.

택시를 탄 석주는 인터넷에서 검색한 은월농장 주소를 댔다.

“거기는 왕복 요금을 줘야 하는데.”

석주가 고개를 끄덕였다. 차가 출발한 뒤 임신에 관한 내용을 찾아보았다. 임신 기간은 전체적으로 약 40주라고 나왔다. 날짜를 계산해 보니 40주는 어림잡아 다음 주 정도였다. 석주는 배가 부른 은설의 모습을 상상할 수 없었다. 아니, 상상하기 겁났다.

길이 갈라지는 도로에서 석주는 택시를 세웠다. 과수원이 가까워질수록 두려움이 커져 도저히 앞까지 택시로 갈 수가 없었다. 차에서 내려 몇 발짝 걸었을 때 택시의 경적이 울렸다. 깜짝 놀라 돌아보니 기사가 쇼핑백을 차창으로 내밀고 흔들었다. 은설에게 줄 선물이었다. 선물을 살 때 이런 상황이 기다리고 있을 거라곤 상상도 하지 못했다.

석주는 차로 가 쇼핑백을 받아 들었다. 기사가 필요하면 연락하라며 명함을 건넸다. 석주는 그 택시를 타고 되돌아가고 싶었다. 하숙집에 전화하기 전으로. 은설을 만나러 오기 전으로. 아니, 은설을 알기 전으로.

혼자 남겨진 석주는 주위를 둘러보았다. 분명히 아저씨 트럭을 타고 지나간 길이었을 텐데 기억나지 않았다. 산 중턱 과수원에서는 감탄하며 보았던 풍경들이 한없이 황량해 보였다. 자신이 맞닥뜨리게 될 현실도 그럴 것만 같았다.

구불구불한 오르막길을 올라가자 낯익은 풍경이 나타났다. 다행히 트럭이 보이지 않았다. 석주는 창고와 화장실, 세면장 등이 있는 건물 옆에 몸을 감추고 앞을 바라보았다. 그 위치에서는 텃밭과 원두막, 그 옆의 산이 보일 뿐이었다. 석주는 몸을 드러내거나 고개를 내밀어 집을 살필 용기가 나지 않았다.

텃밭에서는 배추와 파가 푸르게 자라고 있었다. 고3이 임신해서 학교를 그만두었다는데 그 집 마당에서 푸성귀가 저토록 싱싱하게 자라고 있는 광경이 이해되지 않았다. 석주는 모든 게 할머니의 노망에서 비롯된 거짓이기를 빌었다. 래시가 인기척을 느끼고 크르렁거렸다. 늙어서 행동이 느려졌다는 은설의 말대로 경계심도 위력도 사그라든 형식뿐인 소리였다. 석주에게는 다행스러운 일이었다.

숨바꼭질하는 아이처럼 조심스레 고갤 내밀어 집 쪽을 본 석주 얼굴이 하얘졌다. 마당 빨랫줄에 아기 옷들이 가득 널려 있었다. 석주는 그 자리에 주저앉을 것 같은 몸을 간신히 세면장으로 숨겼다. 먼지 낀 창으로 집과 마당이 보였다. 분명히 아기 옷이었다. 석주는 바닥에 털썩 앉았다. 그 바람에 세숫대야와 작은 의자 같은 게 부딪치며 소리를 냈다. 다시 래시가 크르렁거렸다.

"래시, 시끄럽게 와 자꾸 짖는 기여? 누가 왔어?"

은설의 목소리였다. 후다닥 일어나 소리 나는 쪽을 바라본 석주는 굳은 듯 움직일 수 없었다. 금방이라도 터질 것처럼 부푼 배를 한 은설이 마당에 서 있었다.

"니, 귀도 안 들려? 암것도 없는데 와 짖는 긴데?"

래시가 곁에 가서 몸을 비벼 대자 은설이 다리로 개를 밀어냈다.

"저게로 가여. 얼라 옷에 털 묻는다."

은설은 동요를 흥얼거리며 아기 옷을 걷었다. 학교도 그만둔 채 아빠 없는 아기를 낳아야 하는 아이였다. 자신은 암담함과 절망감에 발밑이 꺼지는 것 같은데 은설은 어떻게 저리 아무렇지도 않을 수 있는지 석주는 이해되지 않았다. 은설은 한 손으로 아기 옷을 안고 다른 쪽 손으로는 허리를 받친 채 느릿느릿 집 안으로 들어갔다. 벽에 등을 기댄 채 간신히 버티고 선 석주는 헛것을 본 것 같았다.

은설이 집 안으로 들어간 뒤 허둥지둥 도망쳐 나온 석주는 명함을 꺼내 택시를 불렀다. 그리고 은월농장과 조금이라도 더 빨리 멀어지기 위해 달리기 시작했다. 이대로 떠나 다시는 돌아보지 않고 모른 척하며 살고 싶었다. 은설은 이미 그렇게 살고 있었다. 토할 것처럼 숨이 찰 때쯤 택시가 왔다. 석주는 무너지듯 택시에 몸을 실었다.

"일이 일찍 끝났나 보네. 어디, 다시 영동역으로 갈텨?"

기사가 석주의 표정을 살피며 물었다. 석주는 헐떡거리며 고개를 끄덕였다. 은월농장이 멀어졌지만 조금 전에 보았던 아기 옷이 가득 널렸던 마당과 늙은 개와 만삭의 은설은 눈앞에 있는 듯 선명했다. 영원히 떼어 낼 수 없는 액자 속 그림 같았다. 은설에게 줄 선물이 든 쇼핑백을 세면장에 두고 온 게 뒤늦게 떠올랐다. 하지만 되돌아갈 수는 없었다. 카드에 쓴, 수능 보느라 수고했다는 말이 날카로운 부리가 돼 석주의 심장을 쪼았다.

석주는 영동역 광장에 서서 엄마에게 전화를 했다.

"엄마, 어떻게 해."

석주는 가슴이 빼근하도록 참고 참았던 울음을 터뜨렸다.

양지의 그늘

태명고 입학식 날 지오는 혼자 학교에 갔다. 아빠가 바빠서 시간을 낼 수 없는 게 차라리 나았다. 아빠가 지켜보고 있으면 그가 원하는 걸 하고 싶지 않아 딴짓을 하게 될지 몰랐다. 튀는 것도 지오가 바라는 바는 아니었다.

혼자 지내는 게 불쌍해 한국으로 온 건데 아빠는 지오가 퇴학당해 쫓겨 오기라도 한 듯 한심해했다. 그리고 지오가 영어를 잊지 않게 하려고 억지로 영어 학원에 보냈다. 지오는 아빠와 마주할 때마다 벽을 대하는 느낌이었다. 스며들 수도 없고 뛰어넘을 수도 없는.

아빠는 자신이 직접 겪지 않은 건 믿지 않는 사람이었다. 상상력도 보고 들어 아는 것의 범주를 벗어나지 못했다. 이젠 지오가 명령과 복종으로도 관계가 유지되던 어릴 때와 다르다는 것도 모르는 듯했다.

산자락에 위치한 학교 주변엔 아무것도 없었다. 학교가 아니라 유배지에 온 것 같았다. 그래도 아빠와 떨어져 살 수 있다는 이유만으로 지오는 이곳이 마음에 들었다. 지오는 입학 안내 통지문에 따라 짐을 갖다 놓으러 1학년 기숙사부터 찾아갔다. 입학식은 2시부터라 아직 50분이나 남아 있었다. 시끌벅적한 방들에선 벌써들 친해졌는지 장난치는 소리도 들려왔다. 방 배치표대로 205호를 찾아가는 동안 활짝 열린 방 안 모습이 복도 양옆으로 보였다. 2층 침대 두 개와 사물함만 있는 방은 무슨 수용소 같았다.

205호는 닫혀 있었다. 지오는 약간 긴장한 채 문을 열었다. 비로소 계속 이곳에서 생활한다는 게 실감 났다. 가방들은 있었지만 사람은 보이지 않았다. 당장 다른 아이들과 맞닥뜨리지 않아도 되는 게 좋았다. 지오는 가방만 들여놓고는 기숙사를 나왔다.

입학식 시간까지 학교를 둘러보기로 했다. 입시 설명회 때는 아빠만 왔던 터라 학교 구조를 몰랐다. 기숙사에서 나온 지오는 가장 먼저 옆 건물 앞에 있는 개한테로 갔다. 아직까지는 학교에서 유일하게 아무 생각 없이 손을 내밀 수 있는 존재였다. 하지만 개는 지오가 부르는데도 꼬리만 두어 번 흔들 뿐 널브러진 자세를 바꾸지 않았다. 지오는 몇 번 더 어르다가 포기하고 그 앞에서 물러났다.

학교 건물들이야 내일부터 지겹게 드나들 테니 미리 볼 것도 없었다. 건물들 뒤편으로 가자 담벼락에 나 있는 쪽문이 보였다. 문을 여니 비닐하우스가 있는 밭이 보였다. 밭의 끝자락과 이어진 산기슭에는 창고로 보이는 작은 조립식 건물이 있었다.

지오는 나중에 혼자 있을 만한 장소를 미리 알아 두는 것도 좋겠다 싶어 쪽문을 나갔다. 밭둑을 지나자 둥치 굵은 활엽수와 잡목에서 떨어진 잎들로 바닥이 폭신했다. 아직 황량했지만 여름엔 무성한 잎들이 시원한 그늘을 만들어 줄 것 같았다. 지오는 나무 그늘에 앉아 있는 자신을 상상하며 걸음을 옮겼다.

창고 가까이 가자 뒤편에서 말소리가 들려왔다. 욕설이 대부분인 말과 함께 폭력을 행사하는 소리가 들려왔다. 지오는 얼른 건물에 몸을 붙인 채 숨을 죽였다.

"잘못했습니다! 괜찮습니다!"

신음이나 비명 대신 복창하는 소리가 이어졌다. 모두 대여섯 명은 되는 것 같았다. 일사불란한 복창에 훈련 나온 군인들인가 싶었다. 그렇게 생각하자 안도감이 느껴졌다.

자리를 뜨려는 순간 그중 한 명이 맞고 넘어진 듯 지오 쪽으로 뒹굴러 오다가 벌떡 일어나 다시 창고 뒤로 사라졌다. 자신과 같은 교복에 지오는 가슴이 철렁 내려앉았다. 제자리로 돌아가는 게 급했던 아이는 지오를 보지 못했다. 처음엔 푹신하게 받쳐 주는 것 같던 나뭇잎 더미가 늪인 것처럼 발을 끌어당겼다. 허겁지겁 자리를 떠난 지오는 멀게만 느껴지는 발두렁을 달려 학교 안으로 들어섰다. 숨이 차고 가슴이 뛰었다.

학교 안은 신입생과 부모 들이 만들어 내는 풋풋하고 정감 어린 분위기로 가득했다. 그들은 지금 담 너머에서 어떤 일이 일어나고 있는지 꿈에도 모를 것이다. 지오 역시 상상조차 못한 일이었다. 학교 소개 카탈로그에는 태명고등학교에 절대 없는 세 가지, 즉 3무(無)를 대대적으로 자랑하고 있었다. 그 첫 번째가 '폭력'이었다. 배려와 존중으로 가득한 우정 넘치는 학교임을 학생들 인터뷰를 통해 알렸다.

두 번째는 '사교육'이었다. 실력 있는 교사들과 교우 간의 학습 멘토제를 통해 사교육 없이 이름난 대학들에 합격시키고 있음을 성과로 증명하고 있었다. 세 번째는 좀 추상적이면서도 포괄적인 '포기'였다. 3무라는 아귀를 맞추고 싶은데 딱히 할 게 없어서 내세운 건 아닌지 의심스러웠다. 아무튼 극기 훈련과 정신 수련 등을 통해 포기하지 않는 강한 정신력을 가진 아이들로 만들겠다고 장담했다.

지오는 고등학교를 정할 때 아빠와 떨어져 지낼 수 있고 중학교 동창들을 만나지 않는 곳이라면 어디든 좋다고 생각했다. 그러면서도 태명고에 마음이 끌린 이유는 카탈로그의 첫 번째 '무' 때문이었다. 그런데 입학 첫날부터 폭력이 벌어지는 현장을 목격하다니. 지오는 자기 눈앞에 펼쳐진 학교 안의 밝고 평화로운 풍경들도 믿을 수 없었다.

멍하니 서 있던 지오는 아직 중학생 티를 벗지 못한 아이가 차에서 부모와 함께 내리는 걸 보았다. 그 가족은 혼자 온 게 아무렇지도 않았던 지오에게 약간의 서러움과 쓸쓸함을 안겨 주었다. 저들에게 방금 본 담 너머의 일을 이야기하면 어떤 얼굴이 될까. 지오는 그 가족뿐 아니라 학교 안의 모두에게 자신이 방금 보고 온 걸 알리고 싶은 충동을 느꼈다. 입학식과 함께 학교를 떠나고 싶다면 그래도 좋겠지. 하지만 그런 다음 돌아갈 곳이 집이라고 생각하니 참을 수 있었다.

지오는 화단 근처 벤치에 걸터앉았다. 냉기가 온몸을 타고 흘렀다. 그럼 선생님에게 말하는 건 가능할까? 산에서 본 아이들이 누군지도 모르면서? 아마도 선생님은 지오 말을 믿으려 하지 않을 것이다. 담장 바로 너머에서 그런 일이 벌어진다는 걸 인정하기 싫을 테니까. 대신 지오만 원치 않는 주목을 받을 게 분명했다. 입학과 동시에 고자질쟁이라는 이름을 단 채. 그 뒤에 벌어질지 모를 일들은 상상만으로도 끔찍했다. 지오는 미리 알길 잘했다고 스스로를 위안하며 입을 닫기로 결정했다. 카탈로그에 나온 학교 소개나 가족한테 둘러싸인 중딩 같은 애만 보고 순진하게 경계심을 풀 뻔했다. 세상 어디에도 무풍지대는 없었다.

입학식을 위해 강당으로 모이라는 안내 방송이 교정에 울려 퍼졌다. 벤치에서 일어서던 지오는 좀 전에 차에서 내린 아이가 개 옆에 있는 것을 보았다. 자기한테는 누운 채 꼬리만 흔들던 개가 펄쩍펄쩍 뛰었다.

"그만 주고 이따 밤에 너 먹어."

아이의 엄마가 말했다. 먹을 걸 준 모양이었다. 지오는 쓴 웃음을 지었다. 개가 바라는 건 언제 사라질지 모르는 관심이 아니라 먹을 거였다.

지오는 학생과 학부모 들 틈에 끼어 강당으로 갔다. 체육관을 겸한 강당 스탠드에는 부모들이 앉아 있었고 학생들 자리는 바닥에 반별로 두 줄씩 놓인 의자였다. 번호 상관없이 앞에서부터 앉으라는 지시에도 맨 뒤쪽으로 간 지오는 멈칫 섰다. 산기슭에서 맞고 뒹굴던 아이가 앉아 있었다. 신입생일 줄은 몰랐다. 얼핏 본 터라 잘못 기억하는 걸 수도 있다고 생각했지만 아이 팔에는 나뭇잎 부스러기가 붙어 있었다. 산기슭에 융단처럼 깔려 있던 잎들이었다. 그 애 얼굴에선 조금 전 당한 폭력의 흔적을 찾을 수 없었다. 다른 아이들처럼 새 교복을 입은 신입생일 뿐이었다. 입학식 날부터 맞는다는 건 중학교 때부터 이어진 관계라는 뜻이다.

교복 상의에 새겨진 양근석이라는 이름이 눈에 들어왔다. 지오는 가슴이 서늘해졌다. 205호실 명단에서 본 것 같았다. 근석으로부터 최대한 떨어진 앞자리로 간 지오는 주머니에서 학급 명단표를 꺼내 다시 보았다. 기억이 맞았다. 양근석은 룸메이트였다. 앞에 앉아 있던 아이가 기척에 돌아다보더니 반색했다.

"윤지오! 반갑다. 우리 룸메랑께."

뚱한 얼굴로 바라보는 지오에게 자기 이름표를 가리켰다. 오한결이었다. 서글서글해 보이는 한결의 환대를 받으면서도 지오의 서늘한 마음은 데워지지 않았다.

잠시 뒤 지오는 나머지 한 명인 석주도 보았다. 석주는 단상 위에서 학생 대표로 입학 선서를 했다. 개에게 먹을 것을 주던 아이였다.

탯줄을 끊고

석주는 떨리는 손으로 수험 번호를 입력했다. 합격자 명단에 이름이 있었다. 드디어 아빠와 형의 자랑스러운 동문이 됐다. 지금까지 살면서 가장 길고 크게 꾸었던 꿈이었다. 방 밖으로 나간 석주가 "됐어." 하고 말하자 엄마가 울음을 터뜨리며 석주를 안았다.

"축하해. 그동안 수고 많았어. 이젠 앞으로 좋은 일만 있을 거야."

하지만 석주는 마냥 기뻐할 수 없었다. 예전 같았으면 엄마 말을 믿었을 거다. 그러나 이젠 아니었다.

은설의 임신 사실을 안 엄마와 아빠는 절망했다. 석주는 부모님을 똑바로 바라볼 수 없었다. 며칠을 고민하던 엄마는 석주한테 모두에게 좋은 방향으로 해결할 테니 그 일은 신경 쓰지 말고 면접 준비나 잘하라고 했다. 아빠 역시 사람은 누구나 실수할 수 있으며 극복하고 만회하는 게 더 중요하다고 석주를 다독였다. 석주는 엄마 아빠를 믿었다. 그리고 엄마 아빠의 자식인 걸 고마워하며 면접 준비를 했다. 엄청난 사고를 친 지금 석주가 부모님에게 속죄할 수 있는 길은 합격뿐이었다. 그 뒤에야 의견을 낼 수 있는 권한도 생길 것 같았다.

엄마는 마지막 학교 면접을 본 뒤에야 은설의 소식을 알려 주었다. 은설은 석주가 과수원에 찾아갔던 며칠 뒤 딸을 낳았고 엄마도 벌써 은설과 아저씨를 만나고 왔다. 유전자 검사를 해서 석주 아이가 맞는다면 책임지겠다고 했단다. 위자료도 줄 테니 지난 일은 다 잊고 새롭게 시작하라고. 석주가 상상하고 기대했던 해결과는 너무나도 동떨어진 내용이었다. '유전자 검사', '위자료' 같은 단어들이 은설에게 얼마나 모욕적일지 짐작조차 하기 어려웠다. 석주는 엄마에게 화를 내는 대신 물었다.

"어떻게 책임질 건데?"

석주 얼굴을 힐끗 본 엄마가 대답했다.

"너한테 책임지게 하진 않을 테니 걱정 마."

석주가 거듭 묻자 엄마는 계획을 이야기했다. 아기를 1년 안에 데려오되 석주 자식으로서가 아니라 입양하는 형식을 택할 거라고 했다. 그러기 위해 엄마 아빠는 법의 허술함과 인맥을 활용할 계획을 치밀하게 짜는 중이었다. 아기는 집에 오더라도 엄마 아빠의 자식이 되는 거였다. 석주는 스무 살에 애 아빠가 된 것도 무서웠지만 그 아이를 입양한 동생으로 대할 일은 더더욱 두려웠다. 석주는 그 일을 계획하고 진행하는 엄마와 아빠 또한 낯설고 무서웠다. 은설과 아저씨가 거절했다는 이야기를 들었을 때 석주는 안도했지만 엄마는 포기할 뜻이 없어 보였다.

대학 합격자 발표를 한 날, 석주는 엄마 휴대폰에서 알아낸 은설의 번호로 전화를 했다. 합격자 확인을 할 때보다 수십 배는 더 긴장되고 떨렸다. 전화를 받은 은설은 석주임을 알자 침묵했다. 소식 들었어. 아기 낳느라 고생했어. 내가 너한테 무슨 잘못을 했다고 이런 짓을 하는 거야. 미안해. 왜 네 맘대로 애를 낳았어. 나한테 왜 이래. 책임질 거 없다더니 애는 왜 낳은 거야. 부호를 어떤 걸로 붙여야 좋을지 모를, 신음 같고 비명 같은 문장들이 안에서 두서없이 소용돌이쳤다. 하지만 한마디도 말이 되어 밖으로 나오지 못했다. 침묵을 깬 건 은설이었다.

"전화했으마 말을 해여."

석주는 어딘지 사나워진 듯한 은설도 엄마 못지않게 무서웠다. 아기를 낳은 은설은 자신이 알던 그 아이가 아닌 것 같았다.

"할 말 있어가 전화한 거 아니야?"

은설이 다그쳤다. 우리 엄마한테 나랑 같이 아기를 키우고 싶다고 말해 줘. 나도 우리 엄마 아빠한테 사정할게. 대학 합격했으니까 들어줄지도 몰라. 날 사랑하지 않더라도 내가 아이 아빠니까 같이 키우자. 내가 더 잘할게. 그런 말을 하고 싶었지만 그게 진심인지 자신할 수 없어 석주는 머뭇거렸다.

"등신."

은설이 낮게 읊조렸다. 등신이라니. 석주는 그 말에 기분이 확 나빠졌다. 화낼 새도 없이 은설이 말을 이어 나갔다.

"할 말 없으마 내 말 잘 들어. 우리 서은이, 니 얼라 아이다. 그카니까 니 어매한테 꺼지라고 해여."

그러고는 전화가 끊겼다. "나야, 석주." 외에 단 한마디도 하지 못한 석주는 한참이나 휴대폰을 귀에서 떼지 못했다. 유전자 검사 결과는 이미 나와 있었다. 그런데도, 그래서, 석주는 네 애가 아니라는 은설의 말에 상처받았다. 은설이 꺼지라는 사람이 엄마가 아니라 자신인 것 같았다. 석주도 자기가 한 아이의 아빠라는 사실을 잊고 싶었다.

은설과 통화를 하고 난 뒤 석주는 엄마에게 은설이 원하는 대로 하자고 했다.

"나중에라도 애 엄마가 애 앞세워 무슨 짓을 할 줄 알고. 너 그딴 애한테 발목 잡히고 싶어?"

여기저기 석주의 합격 소식을 전하던 엄마는 휴대폰에 시선을 둔 채 말했다. 은설인 그런 애가 아니야.

"엄마, 지금 드라마 써?"

석주 말에 그동안 이 문제로 어떤 큰소리도 내지 않았던 엄마가 발끈했다.

"그럼 지금 이게 드라마지, 현실에서 일어날 수 있는 일이라고 생각해, 넌?"

은설이 네 애니까 자기한테 오라고 한다면 석주는 현재의 두려움과 미래의 후회를 계산하지 않은 채 달려갈 것이다. 하지만 은설은 석주에게 아무것도 원하지 않았다. 오히려 꺼질 것을 원하고 있다. 석주는 엄마 말에 반박할 수 없었다.

"우리가 애를 버리겠다는 게 아니잖아. 데려다가 너랑 네 형한테 해 준 것처럼 남부럽지 않게 키워 주겠다고. 그게 미혼모나 미혼부 자식으로 크는 것보다 애한테도 백배 천배 나아."

엄마는 단호했다.

"나랑 은설이랑 같이 키우는 방법도 있잖아."

석주는 온몸과 영혼에서 용기를 끌어모아 말했다. 제 잘못도 아닌데 태어나자마자 골칫덩어리 취급을 받는 아이가 불쌍했다. 자신이 아빠라는 사실은 아무리 애를 써도 받아들여지지 않았지만 인간 대 인간으로서 미안했다. 한 생명이 이런 대접을 받아서는 안 된다는 생각도 들었다. 그런 대접을 하는 이가 다른 사람도 아닌, 목숨과 맞바꿀 결심까지 하며 자신을 세상에 내놓은 엄마라는 사실이 믿기지 않았다. 만일 좀 더 일찍 은설의 임신 사실을 알았다면 엄마는 진짜 막장 드라마처럼 무슨 수를 써서라도 배 속의 아이를 없앴을 것 같았다. 아들의 앞날을 위한다는 명분으로.

"너희들이 부모로서 뭘 할 수 있는데?"

엄마가 코웃음을 치며 석주를 바라보았다. 석주가 하는 일이라면 늘 지지하고 격려해 주던 엄마였다. 그 힘을 받아 여기까지 올 수 있었다. 그런 엄마의 냉소적인 눈빛에 석주는 놀라고 당황했다.

"나, 나는 아무것도 한 게 없지만 은설이는 아기를 낳았잖아. 자기 앞날을 포기하고 아기를 지켰잖아."

석주가 허둥거리며 말했다.

"그게 대단한 건 줄 알아? 열아홉 살짜리가 덜컥 애 배고 겁도 없이 낳은 게? 그렇게 무모하고 지혜롭지 못한 아이는 네 앞길에 조금도 도움이 되지 못해. 엄마 아빠가 걸림돌은 다 치워 줄 테니까 너는 아무 일도 없었던 것처럼 네 길을 가. 애랑 한집에 사는 게 불편하면 오피스텔 얻어 줄 테니까 나가 살고. 대학 졸업하고 유학 가서 안 돌아와도 좋아."

엄마는 뱀 대가리 작전을 위해 석주를 기숙 고등학교로 보냈던 것처럼 이번에도 새로운 전략을 세웠다. 엄마의 전략에 따라 집을 떠나 산 게 4년이었다. 고등학교 3년, 재수 1년. 이제 간신히 돌아왔는데 엄마는 또 내보내려 하고 있었다. 제 잘못 때문이라 할지라도 석주는 엄마가 자신을 사랑하기는 하는 건지, 엄마가 자기한테 진짜 원하는 게 뭔지 알 수 없어졌다. 그리고 엄마의 전략대로 살아온 자기 삶에 처음으로 의구심이 생겼다.

"엄마가 나한테 진짜 바라는 게 뭐야?"

석주가 물었다. 그 순간 엄마의 눈자위가 붉어졌다.

"몰라서 물어? 네가 잘되는 거지. 그래서 엄마가 지금 이러는 거야. 너 은설인가 하는 애랑 같이 애 키우고 살면 좋을 거 같아? 분윳값은, 기저귓값은, 애 교육비는 어떻게 할 건데? 그래, 엄마 아빠가 도와준다고 치자. 그럼 스무 살에 애 아빠 돼서, 그 또래 애들이 하는 거 하나도 못 해 보고 남들 눈총받으면서 살면 행복할 거 같으냐고!"

엄마의 울음 섞인 말이 폐부를 찔렀다. 맞는 말이었다. 같이 산다고 해도 마냥 행복하지는 않을 것이다. 두고두고 후회할지도 몰랐다. 그렇더라도 동생이 된 자기 아이를 볼 때마다 들 죄책감의 무게보다는 가벼울 것이다.

석주의 아이가 태어났다는 사실은 무덤까지 가져가야 할 비밀이었지만 대학 합격 소식은 삽시간에 일가친척은 물론 지구 반대편에 있는 형에게까지 전해졌다. 석주 아이의 존재는 미국에서 MBA 과정을 밟고 있는 형에게도 비밀이었다. 엄마는 형의 여자 친구 집안에 그 일이 알려질까 봐 노심초사했다. 석주는 여기저기서 쏟아지는 축하 인사를 받으면서 수능도 못 보고 애 엄마가 된 은설 때문에 기뻐할 수 없었다.

그날 저녁, 아빠도 일찍 들어왔다. 엄마는 화보에 나올 것 같은 근사한 저녁 식탁을 차렸다. 중간중간 엄마는 세상에서 가장 행복한 표정과 목소리로 축하 전화를 받았다. 엄마와 의견 차이가 생길 때면 객관적인 입장에서 합리적인 조언을 해 주던 아빠도 이번에는 엄마와 같은 생각이었다.

"네 눈엔 엄마나 아빠가 속물 같고 냉정해 보일 수 있겠지만 인간은 사회적 동물이야. 남들 시선에서 자유로울 수 없는 거라고. 성공이 노력에 대한 보상인 것 같지? 아니야. 성공은 능력에 대한 보상이야. 네가 스무 살에 애 아빠가 됐다는 게 알려지는 순간 사람들은 널 색안경 쓰고 볼 테고 넌 능력을 증명해 보이기도 전에 부정적인 평가를 받게 될 거야. 그 때문에 많은 기회들을 놓칠 수도 있고. 그걸 뻔히 알면서 부모로서 어떻게 가만히 있을 수 있겠니. 아이가 그 집에서 크게 놔두면 앞으로 언제 지뢰가 터질지 몰라 불안한 상태로 살아야 돼. 차라리 데려와서 우리 눈앞에 두는 게 안전하니까 이번 일은 잠자코 엄마 말대로 해."

엄마 아빠의 타인을 위한 배려와 연민은 가족의 행복이나 안위가 침해당하지 않는 선에서만 가능한 거였다.

석주는 혼란스러웠다. 자신이 알고 있는 세계, 살고 있는 세계가 모두 가짜처럼 여겨졌다. 그 안에서 펼쳐질 앞으로의 삶도 모두 거짓일 것 같았다.

아빠와 엄마가 아무 일도 없었던 것처럼 환한 표정으로 와인 잔을 들어 올렸다.

"석주야, 축하한다!"

"고생했어, 아들."

석주도 자기 잔을 들어 가볍게 부딪쳤다. 챙, 하는 소리가 가슴속 곳곳을 헤매고 다니며 메아리쳤다.

"이제 됐지?"

석주가 혼잣말처럼 중얼거렸다.

다음 날 새벽 석주는 작은 배낭을 꾸렸다. 충동적인 것 같았지만 무의식 속에서 준비해 오던 일이었다. 석주는 휴대폰과 엄마 이름으로 된 신용 카드를 책상 위에 꺼내 놓았다.

두 개의 물건은 마치 태아가 배 속에서 엄마로부터 영양을 공급받던 탯줄 같았다.

석주는 그동안 친척들한테 받아서 모아 두었던 돈을 주머니에 넣었다. 백만 원 남짓했다. 석주는 그 돈이 세상에서 얼마큼 가치가 있는지, 그것으로 며칠을 버틸 수 있는지 잘 알지 못했다. 엄마 아빠에게 메모라도 남겨 놓을까 고민하던 석주는 포기하고 당장 입을 옷가지뿐인 배낭을 둘러멨다.

집을 나와 문을 닫자 도어락 잠기는 소리가 났다. 석주는 도로 문을 열고 따뜻한 집 안으로 돌아가고 싶은 유혹을 느꼈다. 유혹을 떨치기 위해 석주는 문에서 등을 떼었다. 하지만 어디로 가야 할지 알 수 없었다. 이제 집은 자신이 버린 곳이었고 은설이 있는 은월농장은 자신을 거부하는 곳이었다.

터널

잠든 옆자리 아저씨가 자꾸 지오 쪽으로 쓰러졌다. 앞에 앉았던 아주머니들이 대전에서 내리자 지오는 얼른 그 자리로 갔다. 그런데 앉자마자 지오 또래 커플이 타서는 자기들 자리라고 했다. 애초 자기 좌석이었던 곳을 바라보니 비어 있었다. 중년 부부가 내린 모양이었다. 지오는 기차를 탄 지 두 시간이 넘어서야 비로소 원래 자기 자리에 앉을 수 있었다. 이제 한 시간도 안 돼 추풍령역에 도착할 것이다.

조치원을 지나면서부터 기차는 자주 터널을 통과했다. 터널로 들어서면 차창에 또 하나의 세상인 것처럼 기차 안 풍경이 비쳤다. 지오는 그곳에 앉아 있는 자기 모습에 흠칫흠칫 놀랐다. 무심코 걷다 길모퉁이에서 자신의 도플갱어와 맞닥뜨리는 느낌이었다. 어둠 속에 환히 떠오른 그 모습은 거울과는 다른 느낌으로 지오의 내부 어딘가를 건드렸다.

지오는 머리를 등받이에 누인 채 잠시라도 눈을 붙이고자 했다. 하지만 눈을 감자 머릿속이 더 환해져 덮어 두고 싶은 기억까지 고스란히 드러났다. 지오는 도망치듯 눈을 떴다. 그 순간 기차가 또 터널 안으로 들어섰다. 슬쩍 훔쳐본 자신의 얼굴은 지금보다 어렸다. 놀라 다시 보는 사이 기차는 터널을 벗어났다. 멀리 또 가까이로 우뚝 솟은 산들이 지나쳐 갔다. 산 그림자가 지오 얼굴에 드리워졌다. 지오는 차창에 비친 그 얼굴을 본 적이 있었다. 한국으로 돌아오는 비행기 창에 비쳤던 열일곱 살 때 모습이었다. 그 사실을 깨닫는 순간 기억이 보다 선명해졌고, 그때처럼 심장이 높이 뛰기 시작했다.

열네 살에 떠났다 3년 만에 돌아온 한국에는 안개 같은 부슬비가 내리고 있었다. 지오의 큰 가방을 가져간 아빠는 비 오는 걸 모른다는 듯이 아무런 언급 없이 앞장서 걸었다. 작은 가방을 끌며 따라가는 지오 얼굴에 차가운 물의 입자가 스프레이로 뿌리는 것처럼 달라붙었다.

부자는 야외 주차장으로 갔다. 아빠가 몰고 온 차는 예전 그대로였다. 그 차를 타고 여행이나 아빠 본가, 엄마 본가에 갔던 기억들이 빨리 감기 화면처럼 휘리릭 지나갔다. 화내고, 명령하고, 소리 지르고, 무섭고, 주눅 들고, 울다 혼나고……. 갑자기 지오의 심장이 터질 듯 뛰어 댔다. 비행기에서 뛰던 것과는 비교도 안 될 정도였다. 가방들을 트렁크에 실은 아빠가 지오의 기타를 힐끗 바라보았다.

"기, 기타는 안에다 실을게요."

지오는 자기도 모르게 말을 더듬었다. 아빠는 트렁크 문을 소리 나게 닫곤 운전석으로 갔다. 지오는 얼른 기타를 벗어 뒷좌석에 눕혀 놓고 앞자리에 탔다. 그러곤 아빠 몰래 호흡을 가다듬으며 기억들을 덮어 버렸다. 아빠가 그랬던 건 무언가로 늘 아빠를 속 터지게 한 엄마 때문이지 나 때문이 아니야. 그러니 겁먹을 필요 없다고, 지오는 스스로에게 말했다.

그사이 집은 전보다 작은 아파트로 이사를 했다. 아빠가 알려 준 현관 비밀번호는 뜻밖에도 엄마의 캐나다 휴대폰 뒷자리였다. 지오에게 번호를 알려 주다 그 사실을 깨달은 듯 아빠는 벌레 씹은 표정이 됐다.

중학교 3학년에 편입한 지오는 학교에 잘 적응해서 아빠에게 인정받고, 또 상처 입은 마음도 풀어 주고 싶었다. 하지만 추억도 친구도 남아 있지 않은 한국의 학교생활은 캐나다보다 결코 편하거나 쉽지 않았다. 한국말로 하는 수업은 영어로 듣던 수업이나 다를 바 없이 어려워 예체능 과목을 빼놓고는 따라잡기 힘들었다. 3년 동안 지지리도 늘지 않았던 영어는 한국에 와서도 지오를 괴롭혔다. 자꾸 영어 단어가 튀어나왔고 적절한 한국어 단어가 떠오르지 않았다. 발음도 꼬였다. 그때마다 아이들이 흉내 내며 놀렸다.

지오는 자신이 급우들보다 한 살 많다는 걸 시시각각 의식했다. 한 살 어린 그 아이들을 동급생으로 대해야 할지 후배로 대해야 할지 혼란스러웠다. 집은 집대로 엄마 아빠의 이혼 공방이 절정을 향해 치닫고 있어서 분위기가 최악이었다.

그 모든 상황들 때문에 교실 뒷자리에 조용히, 우울한 얼굴로 앉아 있었을 뿐인데 여자애들이 지오에게 관심을 보여왔다. 음악 수행 평가 시간에 할 줄 아는 게 그것밖에 없어 기타를 치며 캐나다에서 만들었던 노래를 부르자 여자애들이 폭발적인 반응을 보였다. 몇몇 애들의 적극적인 관심에 지오는 어리둥절하면서도 기분 좋았다. 엄마 아빠 문제에 대한 고민이 사라지는 것 같았고 마지못해 다니던 학교도 가고 싶은 곳이 됐다. 지오는 민서와 사귀기 시작했다.

정욱이 다가온 것도 비슷한 시기였다. 여자 친구만큼이나 동성 친구도 필요했던 지오는 덩치가 크고 남자다워 보이는 정욱이 마음에 들었다. 어쩌면 반의 모든 남자애들이 정욱의 영향권 아래서 움직인다는 사실이 매력적이었는지도 몰랐다. 민서는 정욱이 양아치라며 어울리지 말라고 했다. 계속 정욱 무리와 어울린다면 헤어지겠다고도 했다. 지금이라면 달랐겠지만 열일곱 살의 지오는 민서 대신 정욱을 택했다. 민서가 사사건건 간섭하는 게 귀찮아진 탓도 있었다.

지오는 정욱 무리와 있으면 주류의 세계에 속한 기분이 들었다. 여자애들에게 인기 있는 것보다 더 뿌듯했다. 그리고 그들과 어울려 어른들이 정해 놓은 금기를 깨는 일에 쾌감을 느꼈다. 지오는 담배와 술을 배우고 오토바이를 탔다. 여름 방학 때는 그들과 어울려 며칠씩 가출하기도 했다.

다른 무리와의 시비가 경찰서행으로까지 번졌을 때 지오를 데리러 온 아빠는 정욱 무리를 대놓고 쓰레기 취급했다. 그리고 다시는 그들과 어울리지 말 것을 명령했다. 아빠한테 모욕을 당했는데도 정욱 무리는 지오를 내치지 않았다. 그들의 의리에 감동한 지오는 아빠를 속이며 계속 그들과 어울렸다.

정욱 무리가 속칭 삥을 뜯는 일만 시키지 않았어도 지오는 아무 고민 없이 그들 무리에 속해 있었을 것이다. 정욱이 지나가는 아이의 돈을 빼앗아 오라고 했을 때 지오는 깜짝 놀라 거부했다.

"못 해. 아니, 안 해. 그건 너무 쓰레기 같은 짓이잖아."

"뭐? 이 새끼, 지 꼰대랑 같은 소리 하네. 쓰레기 같은 짓? 그럼 그동안 딴 애들이 삥쳐 온 돈은 왜 쓴 건데."

"내, 내가 언제, 나는 내 돈으로……."

"담배랑 술도 네 돈으로 샀냐? 피시방비랑 컵라면 값도 삥 뜯은 돈이야. 우리가 쓰레기면 너도 쓰레기야, 새끼야."

지오는 친구라고 생각했던 그들에게 맞았다. 자기가 무력에 그렇게 쉽게 굴복할 줄 몰랐던 지오는 자괴감을 느끼며 용돈을, 참고서값을, 거짓으로 타 낸 돈을 갖다 바쳤다. 하지만 그들은 만족하지 않았다. 정욱이 요구하는 기타만은 내줄 수 없었던 지오는 고민 끝에 담임에게 알렸다. 그동안 속인 것 때문에 아빠에게는 말할 수 없었다. 선생님의 조심

성 없는 훈계는 오히려 지오를 한 살 어린 애들이 겁나서 선생에게 쪼르르 일러바친 고자질쟁이, 찐따로 만들었다. 정욱 무리가 어느 날 밤, 학원 차에서 내린 지오를 가로막았다. 지오는 골목길로 끌려가 흠씬 두들겨 맞았다. 그리고 놈들의 가랑이 사이를 기어야 했다. 그러는 동안 지오를 도와주러 오는 사람은 하나도 없었다.

그날 밤, 아빠는 지오의 상처에 대해 묻는 대신 기타를 부쉈다. 그리고 다음엔 지오 차례가 될 것임을 경고했다. 지오는 가랑이 사이를 기던 자기 모습을 본 놈들을 하나하나 찾아가 죽이는 꿈과 아빠가 기타처럼 자신을 부숴 버리는 꿈을 번갈아 꾸다 소스라쳐 깨곤 했다.

어느덧 영동역이 가까워지고 있었다. 내려야 할 곳이 추풍령역이 아니라 영동역인 것만 같았다. 그곳에 내리면 그때의 모습으로 피시방과 문구점과 패스트푸드점에 있는 아이들을 만날 수 있을 것 같았다. 지오는 왈칵 밀려드는 그리움에 당황했다. 태명고를 다닐 때도, 그만둔 뒤에도 학교를 좋아하거나 그리워한 적이 없었다. 이 감정은 지나간 시간에 대한 회한이지 그리움은 아닐 것이다. 아무리 힘든 시간이었다고 해도 지나고 나면 조금쯤은 아련해지는 법이니까.

기차가 다시 터널로 들어섰다. 지오는 무엇이 비칠지 두려워 유리창을 볼 수 없었다. 기차는 금방 터널을 빠져나왔다. 과수원이 펼쳐져 있었고 세상은 꽃 천지였다. 환한 햇살을 반길 새도 없이 기차는 또 터널로 들어섰다. 이번엔 짧지 않았다. 지오는 어둠 속에서, 음지 식물처럼 파리한 채 늘 주눅들어 있던 엄마의 모습을 떠올렸다.

어린 지오는 엄마가 숨기려고 드니 멍 자국을 모르는 척해야 한다고 생각했던 것 같다. 그리고…… 지금까지도 그 사실을 없던 일로 치고 있었다. 지오의 얼굴이 고통 속에 죽은 사람의 데스마스크처럼 일그러진 채 굳었다. 그동안 모르는 척했던 어린 시절의 공포와 잊은 척했던 청소년기의 자괴감을 모두 엄마 탓으로 돌린 뒤 그 일을 없던 일 취급하며 살아왔다. 그 사실을 깨달은 이 순간에도 지오는 여전히 그 일을 모르는 척하고 싶었다.

지오는 벌떡 일어섰다, 도로 앉았다, 통로로 나가 서성이기를 반복했다. 마음을 가라앉히는 데 실패한 지오는 다시 자리에 앉아 눈을 감았다. 엄마가 캐나다에서 왜 그렇게 필사적이었는지 이제야 알 것 같았다. 캐나다에 도착하면서부터 엄마는 마법이라도 부린 것처럼 다른 사람으로 변했다.

한국에서의 엄마는 할 줄 아는 게 없는 사람이었다. 아빠는 늘 엄마가 다른 집 아내들처럼 재테크나 아이들 교육, 외조를 제대로 할 줄 모른다고 불평했다. 부부 동반 외출을 하고 온 날이면 아빠는 엄마를 다른 아줌마들과 비교하며 화를 냈고 안 되는 일은 모두 엄마 탓을 했다. 여행 중에 일어나는 불화도 대개는 같은 이유였다. 아빠가 화내는 게 무섭고 싫었던 지오는 엄마가 아빠 마음에 들게 잘했으면 좋겠다고 생각했다.

캐나다에서 엄마는 그물에 걸렸다가 풀려난 물고기처럼 활기차게 움직였다. 엄마는 지오와 지윤을 잘 돌봐 주라는 아빠의 명령을 따르는 대신 자기 공부를 했다. 지오와 지윤보다 영어 습득이 빠를 만큼 열심이었다. 요리 학교 시험 때면 지오와 지윤은 한국에서는 한 번도 한 적 없는 청소를 하고 아파트 지하에 있는 코인 세탁기에 가서 빨래도 해 왔다.

아이를 따라온 엄마들이 열성적으로 아이들 뒷바라지를 하고, 골프를 치거나 쇼핑을 할 때 엄마는 밤을 새우고 코피를 쏟아 가며 공부했다. 지오는 그 덕분에 자유로운 건 괜찮았으나 한결 좋아진 아빠와의 관계를 망치는 건 못마땅했다. 지오는 엄마가 아빠 말대로 하길 바랐다. 그리고 엄마가 돌봐 주면 자기도 더 잘할 수 있을 것 같았다.

지오와 달리 지윤은 엄마의 적극적인 지지자였다. 자기 일을 야무지게 하는 한편, 지오를 닦달해 집안일도 척척 했고 엄마와 함께 밤을 새워 공부했다. 자매 사이 같은 엄마와 지윤 곁에서 남의 집 아이가 된 느낌을 받을 때마다 지오는 엄마를 원망하곤 했다. 이제 보니 엄마는 인간으로 사는 삶을 선택한 거였다. 아빠와 맞서기 위해 엄마는 죽을힘을 다했다. 지오와 지윤에게 그 모습을 보여 주고자 했던 거다.

기차가 영동역에 도착했다. 자신이 또다시 도망친 곳. 지오는 아는 얼굴들이 떼지어 있을 것 같아 밖을 내다볼 수 없었다. 기차가 출발한 뒤에야 지오는 마치 내려야 할 곳을 놓친 듯 창밖으로 플랫폼이 멀어지는 것을 바라보았다.

손가락 하나의 힘

집을 나온 석주는 여기저기 떠돌았다. 무작정 걷고 또 걷는 날이 많아 발바닥이 부르트고, 입이 헐고, 다리에 쥐가 났다. 스물한 살인데도 지오와 자전거 여행을 떠났던 열일곱 살 때처럼 길과 방향을 모르기는 마찬가지였다. 삶의 방향도 마찬가지였다.

시간이 지날수록 분명해지는 건, 자신이 은월농장에 찾아갔던 때처럼 이번에도 도망쳤다는 사실이었다. 이번엔 더 멀리 도망쳐서 엄마가, 은설과 아기 문제를 어떤 식으로든 해결하고 자신을 데리러 오기를 바라는 거다. 그때 나도 할 만큼 했다고 자신에게 면죄부를 주기 위해 집을 나온 건지도 몰랐다.

석주는 자기 삶이 부모의 기대에 부응하기 위한 안간힘으로 이루어져 있었음을 깨달았다. 평생의 목표였던 의대 진학조차 엄마 아빠의 꿈이었지 석주 자신은 어떤 의사가 될지조차 생각해 본 적이 없었다. 대학엘 입학한다고 해도 진료과목까지 엄마 아빠의 뜻에 따라 정하게 될 게 뻔했다. 그런 삶은 부모와 가족의 자랑이 될 수 있을지는 몰라도 자기 삶이라는 생각은 들지 않았다.

집에서 가지고 나온 돈이 떨어진 다음에는 태어나서 처음으로 몸을 쓰는 일도 했다. 시골길을 걷다 농가 비닐하우스 앞에서 노부부에게 점심을 얻어먹고 보답으로 일을 한 게 시작이었다. 경험도 없고 일머리도 모르는 석주가 할 수 있는 일들은 몸은 고되고 보수는 적은 것들뿐이었다. 비닐하우스, 공사장, 포구에서 하루 벌어 하루를 살며 석주는 스무 시간 넘게 책상 앞에 앉아 있는 게 얼마나 쉬운 일이었는지 알았다.

구토가 나올 정도로 힘든 일로 몸을 혹사해도 은설과 아기는 뇌리에서 사라지지 않았다. 그리고 직접 은설과 대면

해야 한다는 생각이 점점 강해졌다. 설령 집으로 돌아가더라도, 또는 영원히 떠돌며 살더라도 그게 순서였다. 석주는 3월 초 입학 시즌을 찜질방 한편에서 고열에 시달리며 넘겼다. 몸과 마음에 굳은살이 차오를수록 은설을 만날 결심도 단단해졌다.

3월 말, 석주는 이발을 하고 빨래방에 가서 옷을 빨았다. 집에서 입고 나온 두꺼운 외투와 더럽고 해진 운동화 대신 봄 점퍼와 새 신발도 샀다. 그리고 어쩌다 피시방에 가면 수없이 검색해 봐서 이미 여러 번 가 본 길처럼 익숙해진 은월 농장으로 향했다.

석주가 기차역에 내린 시간은 아침 8시 무렵이었다. 역 앞에서 은월로 가는 버스를 타려면 한 시간 넘게 기다려야 했다. 석주는 버스를 기다리고 있느니 걸어가기로 했다. 열일곱 살 때는 목적지를 정하지 않았던 데다 지리를 몰라 헤맸지만 이제는 머릿속에 저장된 길이 뚜렷하게 있었다. 그 걱정보다는 은설과 아이, 그리고 아저씨를 대면할 일이 더 두려웠다. 또다시 거부당하면, 아니, 정말로 도망치고 싶어지면 그땐 영원히 길을 잃을 것 같았다. 그럼 어떻게 해야 할지, 생각만으로도 가슴이 옥죄었다.

역사를 나서자 아침의 찬 공기가 얇은 점퍼 속으로 사정없이 파고들었다. 석주는 산 위로 솟아오른 아침 해가 비추는 길을 걷기 시작했다. 마치 은설을 처음 알았던 때로 거슬러 가는 것 같았다. 석주는 지오와 함께 자전거를 타고 달리는 자신의 뒤를 따라 걸었다. 그러고 보면 이 모든 게 지오에게서 비롯됐다. 지오가 아니었으면 그날 사감에게 들키지 않은 채 기숙사에 남았을 수도 있고, 들켜서 기숙사를 나왔다 하더라도 피시방이나 찜질방에서 밤을 보냈을 거다. 아니면 그냥 집에 갔을 수도 있었다. 지오가 없었으면 자전거 여행 같은 건 엄두도 내지 못했을 테고 엉뚱한 곳에서 길을 잃지도 않았을 테고 은월농장에 갈 일도 없었을 거다. 그리고 은설을 만나는 일도 없었겠지.

그랬다면 좋았을까. 자전거 여행을 안 했더라면 더 좋았을까. 은설을 알기 전으로 돌아가, 그동안 살아온 세상의 경계를 넘는 일 없이 부모님의 착하고 자랑스러운 아들로 살고 있다면 행복했을까. 석주는 대답하기 어려웠다. 살아 보지 않은 삶에 대해 그 누구도 자신 있게 말할 수는 없으리라.

중간에 길을 잃었던 석주는 4년 전처럼 지치고 굶주린 몰골로 은설네 집 마당에 들어섰다. 10시가 다 된 시간인데 빈

집처럼 조용했다. 트럭이 있는데 아저씨까지 기척이 없는 건 이상했다. 석주는 쓰러지듯 쭈그리고 앉아, 낮게 으르렁거릴 뿐 그대로 엎드려 있는 래시를 어루만졌다. 손질해 주지 않은 털이 지저분했다. 목욕시키고 빗질도 해 주고 싶었다.

마루의 미닫이문이 열리는 소리에 석주는 벌떡 일어섰다. 은설이었다. 추리닝 바지에 스웨터를 걸친 모습은 전보다 말라 보였다. 은설은 앞에 있는 석주가 헛것이 아닌지 의심하는 듯 눈을 깜빡였다. 석주는 은설이 가라고 하면 어떻게 해야 할지 모르는 채, 판결을 기다리는 죄수처럼 서 있었다. 한참을 바라보던 은설이 물었다.

"아주 온 기여?"

석주는 그 말에 사형인 줄 알았다가 무기형을 선고받은 기분이 됐다. 질문의 의미를 깊이 생각해 볼 새도 없이 고개를 끄덕였다.

"그래 고갯짓하지 말고 오빠, 니 입으로 말해여. 아주 왔어?"

"그래. 아주 온 거야."

잠긴 목에서 힘들게 목소리가 나왔다. 비로소 은설이 길을 내 주었다. 석주는 온기 없는 난로가 한가운데 놓인 마루 위로 올라섰다. 마루 천장을 가로질러 맨 빨랫줄에 아기 옷이 가득 널려 있었다.

은설이 석주를 살피듯이 보고는 주방으로 갔다. 석주는 자석에 이끌리듯 따라갔다. 예전의 그 식탁이 그대로 놓여 있었다. 석주가 그날처럼 의자에 앉자 은설은 말없이 식탁을 차렸다. 반찬은 배추김치와 무장아찌 두 가지뿐이었다. 그동안 은설의 식탁도 이랬을까? 영동에서 신나 하며 음식을 만들던 모습이 떠올랐다.

"계란도 없네."

냉장고를 열고 선 채 혼잣말로 중얼거리던 은설은 뜨거운 보리차가 담긴 컵을 놓아 주었다. 금방이라도 쓰러질 것처럼 허기졌었는데 막상 숟가락을 들자 밥이 넘어가지 않았다. 석주는 밥에 보리차를 부어 꾸역꾸역 먹었다. 싱크대에 기대서 있는 은설의 시선이 정수리에 쏟아지는 걸 느꼈지만 마주 볼 용기가 나지 않았다. 은설이 혼자 모든 일을 겪어 내는 동안 도망만 치다가는 들이닥쳐 밥을 먹고 있는 꼴이라니. 은설은 지금 얼마나 기막히고 실망스러울까. 앞으로도 은설이 마음 놓고 기댈 수 있는 남자가 될 자신이 없었다. 그러면서 아주 왔다고 말한 게 잘한 짓일까. 은설 앞에 서자 석주는 다시 혼란스러워졌다.

방에서 아기 우는 소리가 들려왔다. 석주는 아이의 존재를 이제야 처음 안 것처럼 흠칫 놀랐다. 은설이 후다닥 방으로 뛰어갔다. 석주는 혼자 앉아 은설이 퍼 준 밥을 다 먹은 다음 빈 그릇과 수저를 개수대에 넣었다. 아침 것인지 모를 빈 공기 한 개와 수저 한 벌이 들어 있었다. 설거지하던 자신의 등을 껴안던 은설이 떠올랐다. 그때 왜 그랬을까? 나한테 왜 그런 걸까?

반찬들을 넣기 위해 연 냉장고에는 우유만 두 병 있을 뿐 안이 텅 비어 있었다. 냉장고를 닫은 다음 석주는 주방을 둘러보았다. 어딘지 휑한 느낌이었다. 이 집에 무슨 일이 있는 걸까? 아저씨는 왜 보이지 않는 거지? 석주는 불안한 마음을 달래며 개수대에 있는 그릇들을 씻어 건조대 위에 엎어 놓았다.

석주는 아저씨 방, 그리고 지오와 함께 잤던 방을 바라보았다. 두 방 다 문이 닫힌 채 조용했다. 석주는 은설과 아기가 있는 방으로 천천히 걸어갔다. 잠겨 있으면 어떡하나 걱정하며 손잡이를 돌렸는데 그냥 열렸다. 방에서 들큼한 냄새가 훅 끼쳐 나왔다. 아기 냄새인 모양이었다. 은설이 아기 기저귀를 갈고 있었다. 석주는 들어가도 되는지 망설여졌다.

"찬 바람 들어와. 얼른 들어와여."

은설이 말했다. 방으로 들어가자 안경에 김이 서려 시야가 뿌예졌다. 석주는 안경 닦을 생각도 못 하고 우두커니 선 채 아기 물건으로 가득한 방 안을 보았다. 시야가 흐릿해서인지 비현실적인 느낌이었다.

은설이 힐끗 쳐다보더니 티슈를 한 장 뽑아 건넸다. 석주는 벽에 기대앉아 안경을 닦으며 은설이 능숙하게 아기를 다루는 모습을 바라보았다. 자신이 아빠라는 사실은 여전히 받아들여지지 않았다. 오히려 아기를 보자 여기까지 온 게 무색하게 다시 도망치고 싶어졌다.

"얼라 안 볼 기여?"

은설의 말이 고삐인 양 석주는 아기에게로 다가갔다. 모빌의 흔들림을 좇아 눈을 두리번거리던 아기는 새로운 움직임에 관심을 보였다. 아기의 토실토실한 얼굴은 은설의 얼굴보다 더 크고 환해 보였다. 아직 어려 아무것도 모를 거라고 생각하면서도 자기에게 눈을 맞추는 아기를 바로 보기가 부끄럽고 미안했다.

"이름은 서은이고 4개월 됐어."

석주는 여전히 입을 떼지 못한 채 서은이를 바라보았다.

서은이는 주먹 쥔 양손과 두 발을 바동대며 석주에게 호기심을 보였다. 석주는 주춤거리며 검지를 아기 손 가까이 가져갔다. 그 순간 서은이는 놀라운 힘으로 석주 손가락을 움켜잡았다. 깜짝 놀란 석주는 그 손을 떼어 내고 싶었다. 엉겁결에 아주 온 거라고 했지만 아이 아빠로 산골 과수원에서 살 자신이 없었다. 서은이가 속내를 읽기라도 한 듯 석주를 잡은 손에 힘을 주었다. 서은이는 아직 어려 아무것도 모르는 아기가 아니었다. 석주와 은설이 알지 못했던 그들의 운명을 여기까지 이끌고 온 존재였다. 전율이 손가락을 통해 석주의 온몸을 훑고 지나갔다.

석주가 집을 나온 뒤 엄마가 은월농장을 찾아왔다. 엄마는 모두 받아 줄 테니 입학 전에 석주가 돌아오게 해 달라며 은설에게 애원했다.

"집에 와서 석주는 대학 다니고 너는 검정고시 준비해서 수능 봐. 스스로 살 능력 생길 때까지 도와줄게."

그 뒤에도 엄마는 아빠와 함께 한 번, 혼자 한 번 더 찾아왔지만 은설은 피를 토해 병원에 간 아저씨의 암 진단으로 정신이 없었다. 위암 3기인 아저씨는 수술을 받고 병원에 입원 중이었고, 과수원 일은 영농조합 회원들이 와서 도와주고 있었다. 석주는 자신이 세상 짐을 혼자 다 짊어진 듯 고통스러워하며 떠돌아다니는 동안 은설이 오롯이 겪었을 일들을 생각하니 얼굴을 똑바로 보기가 어려웠다. 석주가 모든 걸 알고 이곳을 선택한 줄 알았던 은설은 그게 아님을 알고 말했다.

"집에 가고 싶으마 가여. 내는 아빠랑 과수원 놔두고 못 가여. 아빠는 내한테 오빠네 집에 가라 카지만 나 없으면 우리 아빠 오래 못 살아. 그라고 내는 오빠네 부모님 무섭다. 서은이 데리고 오빠 집에 가마 기죽어 살 기 뻔한데, 그렇게 살기 싫어. 검정고시든 수능이든 여게서 내 힘으로 할 기여. 내는 서은이하고 아빠하고 살 거니까 오빤 오고 싶으마 난중에 오빠 힘으로 우리랑 살 수 있을 때 그때 와."

은설이 차분하고 담담한 목소리로 말했다. 석주는 솔깃해졌다. '나중'과 '오빠 힘'이 강하게 유혹했다. 당장 석주가 은설과 아기를 위해 할 수 있는 일은 없었다. 지금은 부모님의 지원을 받으며 공부해야 할 때였다. 그래야 은설과 아기를 돌볼 힘도 생길 것이다. 석주를 바라보던 은설이 덧붙였다.

"영영 안 와도 원망 안 해."

단호한 표정에 석주의 얼굴이 일그러졌다. 속내를 들킨 듯한 무안함과 또다시 거부당했다는 참담함이 합쳐져 석주는 폭발했다. 아기를 데리고 아버지 병수발을 해야 하는 상황에서도 자신을 붙잡지 않는 은설이 괘씸하고 미웠다.

"씨발, 너는 어떻게 한 번도 나를 안 잡아? 왜 날 밀어내기만 하는 건데. 내가 너한테 그렇게 아무것도 아니야? 안 봐도 그만밖에 안 되냐고! 그러면서 애는 왜 낳았어? 나 엿 먹이려고 그런 거야?"

말하는 동안 분노가 점점 더 커져 목소리도 함께 높아졌다. 갑자기 은설이 티슈 갑을 석주에게 집어 던졌다. 석주는 깜짝 놀라 티슈 갑을 잡곤 아기 먼저 보았다. 아기는 옆에서 무슨 일이 일어나든 알 바 아니라는 듯 힘차게 팔다리를 바동거리며 모빌의 움직임을 좇고 있었다. 시선을 돌리자 시뻘게진 얼굴로 씩씩거리는 은설이 보였다. 석주는 확 달라진 은설의 모습에 당황했다.

"니 참말 모지리야? 날 밀어낸 기는 너지 내가 아니야. 고등학교를 영동으로 간 기도 다 오빠 때문이었어. 근데 영동에서 우리 첨 만났을 때 니 어땠는지 알아? 나 만난 기 귀찮고 싫은데 착해서 거절도 못 하고 앉아 있었잖아. 그 담부터도 그랬어여. 어장 관리 오지게 했잖아."

은설이 분한 듯 소리쳤다. 그때의 감정이 뚜렷하게 기억나는데 석주 입에서는 다른 말이 흘러나왔다.

"내, 내가 언제……."

"아니라고 하지 마여. 더 못나 보이니까. 내는 오빠가 첨부터 좋았는데, 니는 맨날 날 헷갈리게 했어. 오빠 맘에 자신이 없어가 고백도 못 했어. 그캤다간 다시 못 보게 될까 봐……. 니 같은 모지리한테 맘 준 내도 등신이다."

은설이 두 다리를 쭉 펴고 앉아서 아이처럼 엉엉 울었다. 은설의 눈물이 석주의 가슴에서도 차올랐다.

"그, 그날 내가 수능 본 다음에 만나자고, 그때까지 기다려 달라고 했잖아."

석주는 겨우 말했다. 태워 죽일 듯이 노려보던 은설이 훽 다가들었다. 깜짝 놀란 석주가 몸을 피하는데 은설이 옆에 놓인 티슈 갑에서 휴지를 뽑아 코를 팽 풀었다.

"그보다 먼저 졸업식 날 마지막으로 보자고 했잖아. 그캤던 사람이 자고 나서 한 말을 우찌 믿어? 책임감 땜에 억지로 하는 말 같아가 더 기분 나빴어. 그라고, 사귀면 사귀는 기지, 수능 본 다음에는 뭐야? 지가 무슨 과거 시험 보러 가는 이몽룡이야? 내는 뭐 춘향이고? 그 약속에 매여가 맘 끓이매 사는 기도 싫었고 뭣보담 오락가락하는 오빠 니 마음을 믿을 수가 없었어."

이몽룡과 춘향이 얘기가 나왔을 때 석주는 자기도 모르게 쿡, 하고 웃었다. 은설이 다시 노려봤지만 한층 누진 눈빛이었다. 석주 마음도 한결 풀어졌다. 석주는 머뭇머뭇 은설에게 다가앉아 어깨를 안았다.

"나도 첨부터 너 좋아했는데 그렇게 느끼게 해서 미안해. 내가 잘못했어."

은설은 뿌리치는 대신 석주 어깨에 머리를 기댔다. 그리고 말했다.

"얼라 생긴 기를 알았을 때 어캐야 할지 한순간도 고민 안 했어. 무서워도 얼라를 놓고 싶었어여. 아빠도, 엄마 있고 할아버지 있으이 행복하게 잘 키워 보자고 했고. 서은이랑 내를 위해서라도 치료 열심히 잘 받기로 했어. 앞날이 힘들고, 무서워도 내는 오빠 안 잡아. 앞으로도 그럴 거야. 얼라는 내가 선택한 기고, 오빠도 오빠가 원하는 걸 선택하면 돼여."

해후

추풍령역은 영동역과 황간역을 지나서 있었다. 안내 방송이 나오자마자 서둘러 승강구 쪽으로 나간 지오는 오는 내내 악몽을 꾼 것처럼 지쳐 있었다. 지오는 이런 시간을 갖게 만든 석주를 원망하며 기차에서 내렸다. 기차에서 내린 사람은 지오를 포함해 대여섯 명 정도였고 타는 사람은 두어 명 뿐이었다. 플랫폼에는 여름처럼 따가운 한낮의 햇살이 쏟아지고 있었다.

석주가 만일 안 나왔으면 어쩌나 걱정하면서도 지오는 담배부터 피워 물었다. 시끄럽던 마음이 가라앉는 게 담배 때문인지 맑고 조용한 주변 풍경 때문인지 알 수 없었다. 아주머니가 말하던 급수탑인 듯한 구조물이 보였다. 구조물 주위론 장미꽃이 만발해 있었고, 꽃밭 사이에서 몇몇이 사진을 찍고 있었다.

지오는 철길 건너편에 서 있는 석주를 곧바로 알아보지 못했다. 기차에서 내린 사람들이 다 사라졌는데도 남아 있는 걸 보고서야 석주임을 알아차렸다. 지오는 무엇이 석주를 몰라보게 했는지 궁금해하며 건널목을 건넜다. 지오가 앞에 서자 석주가 웃으며 말했다.

“왔네.”

수줍은 미소와 함께 안경테를 추어올리는 모습을 보자 그제야 석주 같았다.

“네가 오랬잖아, 새끼야. 너 도대체 여기서 뭐 하고 있는 거야?”

지오는 어색함을 떨쳐 버리기 위해 활달한 목소리로 말하며 손을 내밀었다. 악수를 하던 지오는 석주의 손바닥 가득 굳은살이 박여 있는 것에 깜짝 놀랐다. 지오는 어딘지 모르게 단단해진 듯한 석주에게서 눈을 떼지 못했다. 그는 공부에 찌든 4수생이 아니라 햇빛 아래서 일하는 일꾼 같았다.

지오는 오는 동안 떠올렸던 석주에 대한 기억이 맞는지 의심스러워졌다.

"내 메일 받고 황당했지? 그래도 올 줄 알았어."

지오는 석주에게서, 행색이나 정황으로 봐서는 도무지 이해되지 않는 안정감과 의젓함을 느꼈다.

"4수생 꼬락서니가 어떤가 구경하러 왔는데, 어디서 벽돌 나르다 왔냐?"

기억대로라면 농담을 받아들이지 못하고 뾰족하게 굴었을 석주가 웃으며 지오를 툭 쳤다. 고등학교 때 지오는 석주가 한 살이 아니라 두세 살쯤 차이 나는 동생 같았다. 그런데 지금은 여전히 키가 작은데도 형 같은 느낌마저 났다. 둘은 자그마한 역사를 거쳐 밖으로 나갔다. 농협과 마트, 식당, 학교 등이 있는 풍경을 보자 석주와 자전거 여행을 하면서 만났던 동네들이 떠올랐다.

"배고프지? 일단 가면서 이야기하자."

석주가 지오를 데려간 곳은 주차장이었다.

"타."

지오는 작은 화물칸이 달린 코란도 스포츠 앞에서 또 한 번 놀랐다. 결코 석주와는 어울리지 않는 차였다. 차체엔 은월농장이라는 이름과 전화번호가 적혀 있었다. 지오 머릿속에 사과나무 언덕이 떠올랐다. 기차에서의 회상이 없었다면 기억도 나지 않았을 것이다.

"뭐야! 이 새끼, 너 지금 뭐야?"

지오는 차에 타는 대신 소리쳤다. 석주가 그럴 줄 알았다는 듯 씩 웃었다.

"그렇게 됐어."

석주는 대수롭지 않게 말하며 운전석에 올라 시동을 걸었다. 엄마가 운전하는 차나 타야 어울릴 법한 녀석이 화물칸이 달린 차를 몰다니. 지오는 놀란 얼굴로 옆자리에 탔다.

"그때 그 과수원 맞지? 거기 차야? 근데 왜 네가 이 차를 몰아?"

지오 입에서 질문이 쏟아졌다.

"몰 만하니까 몰겠지."

지오는 석주가 뭔가 으스댄다는 느낌이 들었다. 안달하며 궁금해하는 게 갑자기 자존심 상한 지오는 입을 다물었다. 하지만 눈길은 자기도 모르게 능숙하게 핸들을 잡아 돌리는 석주의 단단한 팔뚝을 훔쳐보고 있었다. 석주는 팔뚝만 단단해진 게 아니었다. 어린 티 나는 해사함이 사라진 얼굴은

각진 턱선으로 남자다워졌고 어깨는 헬스장에서 만든 것과는 다른 느낌으로 벌어져 있었다. 아무도 예전엔 그가 범생이, 마마보이였다는 걸 믿지 않을 것 같았다. 석주는 능숙한 후진으로 차를 빼내 도로로 들어섰다. 차 안엔 한동안 차가 내는 소음만 들렸다.

"아, 씨발, 차 세워!"

지오가 갑자기 소리치는 바람에 석주는 브레이크를 밟았다. 앞으로 쏠렸다 바로 앉은 지오가 안전벨트를 풀었다.

"뭔지 다 얘기해. 얘기 안 하면 나도 안 가."

지오는 떼쓰듯 말했다. 순간 둘 사이에 있던 미묘한 긴장감과 거리감이 무너져 버렸다. 그러자 학교 다닐 때도 느끼지 못했던 농도 짙은 친밀감이 그 사이를 메웠다. 석주가 차를 길 한옆에 댔다.

"어디 들어갈까?"

석주가 눈앞에 보이는 다방을 턱짓으로 가리켰다. 이 거리를 빠져나가면 한동안 아무것도 없을 테지만 지오는 석주와 다방에 가서 차를 마실 기분이 아니었다.

"그냥 여기서 얘기해."

지오가 차창을 열곤 담배를 피워 물었다. 석주는 말없이 차에서 내리더니 근처에 있는 슈퍼로 갔다. 가게를 나온 석주는 길에서 만난 중년 남자와 웃는 얼굴로 잠깐 이야기를 나누었다. 안부를 주고받는 것 같았다. 지오는 아무리 상상력을 발동해도 고1 때 우연히 이틀 밤을 묵었던 은월농장과 추풍령역과 범생이 석주와의 상관관계를 유추할 수 없었다.

"너, 옛날에 이거 좋아하지 않았냐?"

지오 쪽으로 온 석주가 열린 창 안으로 이온 음료를 들이밀었다. 비닐봉지 안에는 과자와 캔 커피도 있었다.

"이제 안 좋아해, 씨발아."

지오는 오는 길에 기차 안에서도 마신 이온 음료를 밀어내고 캔 커피를 집어 들었다. 커피를 물인 양 벌컥벌컥 들이킨 다음 우그러뜨린 빈 캔을 밖으로 휙 집어 던졌다. 석주는 그쪽으로 가 캔을 주워 들고 와선 짐칸에 놓았다. 운전석에 탄 석주가 팔을 핸들에 얹으며 입을 열었다.

"나, 결혼했어."

지오 머릿속에 퍼뜩 은설이 떠올랐다.

"뭐? 결혼? 혹시 과수원 꼬맹이랑?"

석주가 고개를 끄덕였다. 지오는 백 톤급 해머에 연달아 머리를 맞은 기분이었다. 결혼도, 결혼 상대도 다 놀라웠다.

"식은 아직 안 올렸고, 같이 살고 있어."

마치 지오를 놀라게 하는 게 목적이었다는 듯 석주 눈에 성취감이 엿보였다. 그런 석주에게 장단 맞추고 싶지 않았지만 지오는 충격을 감출 수 없었다. 여기 오면서 석주가 은설에게 관심을 가졌던 걸 기억해 내긴 했지만 함께 살고 있으리라곤 꿈에도 상상하지 못했다. 남고에다 기숙사 생활을 하기에 여자를 보면 일단 관심이 가던 때였다. 그런 일시적인 감정으로 치부했는데 살림까지 차렸다니. 도대체 그동안 무슨 일이 있었던 걸까. 지오는 의젓해 보이던 석주가 한순간에 철부지로 보였다. 그리고 있지도 않았던 우정이 솟구치며 어떻게 해서든 석주를 정신 차리게 해야겠다는 의지가 불타올랐다.

"장석주, 무슨 사연인지는 모르겠지만 이건 아니다. 다시 생각해. 스물셋, 아니 넌 스물두 살이지. 그 나이에 무슨 결혼이야. 너 혹시 사고 쳐서 할 수 없이 사는 거냐? 아저씨가 안 살면 죽인대? 아니면 아저씨가 이 차 사 주면서 꼬셨어? 맞지? 그런 거지? 석주야, 나랑 도망치자. 3시쯤에 서울 가는 기차 있더라. 아니, 그냥 이 차 끌고 가자. 나중에 돌려보내면 되잖아."

지오는 최근 들어 가장 열정적인 태도로 말했다. 그걸 바라고 석주가 메일을 보낸 건지도 몰랐다. 자신은 도망 전문이니까.

"도망은 벌써 쳤었지."

석주가 자조 섞인 웃음을 지었다. 그때 석주 주머니 속에서 휴대폰 벨이 울렸다. 멀쩡하게 전화가 있으면서 메일에 번호도 안 적다니. 마치 번호를 알았으면 오지 않았을 것처럼 지오는 휴대폰을 받는 석주를 노려보았다. 그러면서도 한편으로는 번호를 알리지 않은 석주의 마음도 이해가 갔다. 전화로 이 소식을 전하기에는 엄두가 나지 않았겠지.

은설인 모양이었다.

"응, 지금 만나서 가는 중이야. 그래 바꿔 줘. 서은아, 아빠 금방 갈게. 응, 까까 샀어."

아빠? 지오는 입을 다물지 못했다. 전화기에서 은설과 떼떼거리는 어린아이 목소리가 번갈아 들려왔다. 지오는 천연덕스레 아빠 노릇을 하는 석주를 넋 나간 표정으로 바라보았다. 석주가 지오를 힐끗 돌아다보더니 웃으며 은설에게 말했다.

"응, 기절 직전이야. 그래, 좀 이따 보자."

석주는 전화를 끊고 차 시동을 걸었다.

"이제 가면서 얘기하자. 얼른 가서 점심 먹어야지."

"애도 있는 거야?"

지오가 더는 놀랄 일이 없겠지, 하는 얼굴로 물었다. 스물두 살에 결혼했다는 사실이 도저히 이해되지 않았는데 아이가 있다고 하니 조금은 납득이 갔다. 다만 범생이, 마마보이가 어떻게 이런 일을 벌였는지 신기할 따름이었다.

"응, 세 살. 18개월이야."

석주는 빙그레 웃었다.

"뭐? 세 살? 가만있어 봐. 그럼 꼬맹이가 고딩 때 애를 낳았다는 거야?"

지오가 의자에 기댔던 몸을 벌떡 일으키며 외쳤다. 지오의 놀라는 강도가 셀수록 석주는 더 흡족해하는 것 같았다. 어떤 일도 할 수 있는 게 인간이라고 하더니 그 말이 맞았다. 연타 당한 권투 선수처럼 그로기 상태가 된 머릿속에 잊고 있던, 석주가 자신을 왜 불렀는지에 대한 의문이 떠올랐다. 4수생이 아닌 석주의 호출은 더 궁금했다.

"근데 나한테 왜 갑자기 연락했냐? 우리가 언제 그렇게 친했다고."

지오가 내뱉듯이 말했다. 가뜩이나 심란하던 인생이 석주의 등장으로 더 복잡해진 것 같았다.

"오늘이 무슨 날인 줄 알아? 우리가 처음 은월농장에 갔던 날이야."

석주가 앞을 본 채 웃는 얼굴로 말했다.

"뭐? 씨발, 우리가 사귀는 사이냐? 그만 날 챙기게. 가만, 그럼 꼬맹이랑 너랑 처음 만난 날인 거잖아. 그럼 지들끼리 이벤트할 일이지 난 왜 부르고 난리야?"

지오는 어이가 없었다. 은월농장에 처음 간 날 따위, 석주에게는 의미 있을지 몰라도 자신과는 상관없는 일이었다.

"네가 중매쟁이잖아. 너 아니었으면 내가 무슨 수로 지금 여기 이러고 있겠냐?"

석주는 느물거리기까지 했다. 자전거 여행을 제안한 것도, 길에서 아저씨 차를 세운 것도 지오였으니 석주 말이 맞았다. 하지만 그렇다고 다 석주처럼 되지는 않는다.

"선택은 지가 해 놓고 뭘 내 핑계야. 아, 내가 중매쟁이면 양복이나 한 벌 사 내."

지오는 자기 입에서 나온 선택이란 단어가 심장 어딘가를 푹 찌르는 것 같아 생각지도 않은 말을 덧붙였다. 석주가 느물거리며 받아쳤다.

“더 살아 보고 사 주든지 말든지 할게. 근데 전혀 짐작 못 했냐? 우리 자전거 여행 할 때 여기 지나갔었는데. 추풍령역이 집에서 가까워.”

“몰라. 5년 전 일을 어떻게 기억해?”

“하긴 네 머리가 그렇게 좋은 편은 아니었지.”

“머리 좋은 놈 꼴좋다. 나는 네가 이 근처 어디 기숙 학원이나 절 같은 데서 4수 하는 줄 알았어. 애들 사이에는 유학 갔다고 소문났다던데.”

“엄마가 그랬겠지.”

응달로 들어선 것처럼 석주 얼굴에 그늘이 졌다.

“너네 엄마, 너 이런 꼴에 안 쓰러지셨냐?”

지오는 불현듯 『데미안』을 읽을 때 싱클레어 부인이 석주 엄마 같다고 생각했던 게 떠올랐다. 전혀 다른 이미지인데 왜 그런 생각을 했는지 이상했다.

“왜 안 그랬겠냐. 은설이하고 서은이, 받아 준다고 했는데도 안 갔더니 버린 자식 취급이야. 여기서 이렇게 사는 동안은 안 보겠대.”

석주가 씁쓸한 표정으로 말했다. 그동안 어떤 일들이 있었을지 듣거나 보지 않아도 짐작이 갔다.

"왜 안 간 건데? 여기서 학교 다녀?"

지오는 정말 궁금하고 이상했다.

"아니, 사과 농사 지어."

선택

석주가 지오에게 메일을 보낸 건 얼마 전 김천 시내에 갔다가 본 곽태호 때문이었다. 아니, 곽태호를 보고 자신이 한 행동 때문이었다. 서은이가 감기에 걸려 은설과 함께 병원에 갔었다. 은설이 먼저 서은이를 데리고 병원으로 들어가고 석주는 주차한 뒤 차에서 내리다가 곽태호를 보았다.

또래 여자와 손을 잡은 채 걸어오고 있는 태호를 보는 순간 석주는 자기도 모르게 차 문 뒤로 몸을 숨겼다. 태호는 석주를 보지 못한 채 지나쳤다. 그제야 차 문을 닫으며 석주는 풋풋한 대학생 커플의 뒷모습을 물끄러미 바라보았다.

태호는 고등학교 때 양근석과 어울리던 패거리로 석주의 생일빵을 주도한 녀석이었다. 석주는 그 일이 있었던 후론 그들 무리와 졸업할 때까지 더는 얽히지 않았다. 학교 다닐 때 석주는 곽태호 같은 애들은 졸업한 뒤에도 정상적인 삶을 살지 못할 거라고 여겼다. 하지만 방금 본 태호는 너무나 제 또래다운 모습이었다. 오히려 자신이 정상적인 길의 궤도에서 이탈한 거였다.

태호를 피해 숨었던 일은 집에 돌아와서도 계속 석주의 마음을 맴돌았다. 그리고 지오가 보고 싶어졌다. 자전거 여행이라는 연결 고리가 있었더라도 지오가 남들과 같은 사고방식을 가진 아이였다면 연락하지 않았을 거다. 지오는 스스로 제도권의 레일에서 내려선 아이였다. 석주는 지오에게 자기 삶을 보여 주고 평가받고, 아니, 지지받고 싶었다.

역에서 기다리던 석주는 지오를 한눈에 알아보았다. 기타를 멘 지오에게선 어떤 것에도 얽매이지 않는 자유로움과 멋이 흘렀다. 아릿한 아픔은 태호를 봤을 때와 차원이 달라 지오를 부른 게 잘한 일인가 싶을 정도였다. 어제도 그제도 만났던 사이처럼 스스럼이 없는 지오는 자신을 이끌던 고1 때처럼 여전히 여유 있고 능숙해 보였다.

어른이 된다는 건 살면서 '어떻게 그럴 수 있어 목록'보다 '그럴 수도 있지 목록'이 더 늘어나는 일인지도 모른다. 무심한 성격이던 지오가 "어떻게 그런 일이!"를 외치며 벌떡벌떡 일어날 만큼 풍파를 겪은 자기는 '그럴 수도 있지 목록'이 더 많아진 애어른이 된 것 같았다. 스스로 버린 길에 대한 후회와 미련, 안타까움이 쇠스랑처럼 묵직하고 날카로운 느낌으로 심장에 자국을 냈다. 석주의 무의식적인 과시는 그걸 감추기 위해서였다.

"영동 애들하곤 연락 안 하냐? 너 이러고 사는 거 애들은 모르는 거 같던데."

차가 달리기 시작했을 때 지오가 물었다. 석주는 태호를 보고 숨었던 일을 솔직하게 털어놓고 싶었다. 그러기 위해선 태호와 있었던 일을 먼저 이야기해야 했다.

"너, 곽태호 기억나?"

석주가 물었다. 지오는 대답이 없었다.

"넌 같은 반이 된 적 없어서 잘 모를 수도 있겠다. 그럼 양근석은 알지? 1학년 처음에 같은 방 썼잖아. 그 패거리야."

"근데 갠 왜?"

"너, 그때 자퇴했을 땐가? 안 했어도 기숙사 층이 달라서 모를 수 있겠다. 암튼 나 그놈들한테 생일빵 당했었거든."

지오가 아이들 뒤에서 지켜보고 있었다는 걸 알지 못하는 석주가 말했다. 석주는 다른 애들이 생일빵을 당하는 걸 보거나 들었지만 자신도 당할 줄은 몰랐다. 부모와 떨어져 기숙사 생활을 해도 자신은 여전히 엄마 아빠의 비호와 영향권 아래에서 안전하다고 생각했다. 남한테 일어나는 일은 나한테도 일어날 수 있다는 걸 아직 모를 때였다.

석주는 다른 애들이 당하는 걸 아는 체하지 않았다. 남의 일이라고 생각했고, 공부하기도 바빴다. 그런데 자신이 당하고 나니까 그보다 더한 치욕이 없었고 그다음엔 분해서 공부가 안 될 정도였다. 어른들에게 일러 봤자 소용없다는 건 이미 알려진 일이었다. 석주는 공부에 방해되는 감정들을 해결하기 위한 계획을 세웠다.

"어떻게? 어떻게 했어?"

지오가 성마르게 재촉했다. 석주는 지오를 더 놀라게 할 일이 아직 남아 있다는 게 뿌듯했다.

"현수라고, 방송반 애 알아?"

"1학년 때 같은 반이었잖아. 잘난 척 오지게 하던 놈."

"기억하는구나. 현수한테 상준이 생일빵 장면을 찍자고 했어."

"뭐? 기숙사에서 그게 가능해?"

지오의 눈이 휘둥그레졌다. 석주는 지오의 반응이 놀라웠다. 매사에 냉소적인 채 한발 물러나 있던 지오가 이렇게 관심을 가질 줄은 몰랐다.

"현수 생일이 상준이 생일 다음이었거든. 두려움이 극에 달하면 무모한 용기가 생기는 법이잖아."

지오 말대로 잘난 척이 심한 현수는 곽태호 패거리들이 공공연하게 벼르고 있던 아이 중 한 명이었다. 그걸 알고 있던 현수는 석주의 제안에 응해 방송반 카메라를 가져다 화장실에 숨어 촬영에 성공했다.

"동영상 갖고 쫄아? 그런 새끼들이 아닌데."

지오가 고개를 갸웃거렸다.

"걔들이 아니라 사감하고 딜했지. 사감이 일진 선배였던 거 알지? 사과하면 조용히 끝내겠지만 아니면 일을 크게 벌인다고 공갈쳤어. 우리 엄마랑 현수네 아빠가 학부모 운영위원이었잖아. 걔들이 우리 밟는다고 설치는데 사감이 누르는 거 같았어. 동영상 털리면 사감 잘리고 애들도 퇴학 각이니까. 사감 앞에서 애들한테 사과받고 그 뒤로 다른 건 몰라도 생일빵은 없어졌어."

석주는 지오를 슬쩍 돌아다보았다. 더 큰 걸 기대했었는지 지오의 표정이 허탈해 보였다. 한동안 잠자코 있던 지오가 말했다.

"마마보이가 어디서 그런 용기가 났냐? 동영상 찍는 거 그 놈들한테 걸렸으면 개박살 났을 텐데."

고등학생 때의 석주는 마마보이란 말이 너무 싫었다. 누가 그렇게 부르면 발끈하곤 했다. 그런데 지금은 아무렇지 않았다. 더는 마마보이가 아니기 때문이다. 그런데 태호를 보고는 숨었다. 태호가 무서워서가 아니라 뭔가 창피해서였다. 아직 스스로 선택한 삶에 자신이 없는 거다. 그 고백은 술이라도 한잔 마셔야 할 수 있을 것 같았다.

"사실 좀 겁나기는 했어. 걸려서 터질 각오도 했지. 근데 그 새끼들이 생일도 아닌 우리를 때리면 빼박 폭력인 거잖아. 그럼 일 진짜 커질 거고. 우리 학교가 자랑하는 태명 3무 중 1빠가 뭔지 너도 기억나지? 폭력이잖아."

석주가 동의를 구하며 돌아보자 지오는 시선을 피했다. 석주는 지오가 지금까지만 해도 많이 들어 준 거라고 생각했다. 학교 다닐 때도 무관심했던 아이가 자퇴한 학교에 관심이 있을 리 없었다. 그래도 이야기가 나온 김에 지오에게 꼭 해 주고 싶은 말이 있었다.

"사실 나 그때 용기 낸 거 너한테 영향받아서야."

아무한테도 해 본 적 없는 이야기였고 그렇게 생각하는 것조차 싫어했었다. 지오가 어리둥절한 표정으로 석주를 보았다. 석주는 앞을 본 채 그 시선을 즐기며 차를 몰았다.

"너 학교 그만둔 거 알고 내가 얼마나 기분 더러웠는지 아냐? 솔직히 나도 내신이 안 올라서 자퇴하고 싶었는데 용기가 안 나서 못 했거든. 그런데 네가 학교를 그만뒀다는 거야. 성적도 그저 그런 놈이 말이야. 그거 생각하니까 생일빵 당한 거라도 해결해야지 안 그러면 나한테 못 참을 것 같았어."

인정하고 싶지 않았던 데다 낯간지러운 걸 겨우 참고 말한 만큼 석주는 지오의 반응이 궁금했다. 그런데 지오도 오글거리는지 화제를 돌렸다.

"애는 어쩌다 만든 거냐? 그것도 나한테 영향받은 거라곤 하지 마라. 난 기숙사에서 쫓겨 나와 오갈 데 없는 널 구제해 준 죄밖엔 없다."

그 일 또한 지오의 영향이 전혀 없다고는 할 수 없었다. 영동에서 은설을 만났을 때 지오를 좋아하는 줄 알고 질투에 사로잡혀 전화번호를 물어보지 않았다면, 그랬다면 은설은 한때의 추억으로만 남았을 수도 있겠지만 그것까지는 말하고 싶지 않았다.

"아직 모르겠냐? 뭐, 서로 전기가 통했던 거지."

석주가 웃으며 말했다.

"아저씨는? 아저씨한테 안 뚜드려 맞았냐?"

"때릴 힘도 없으셨어. 수술 받고 병원에 입원해 계셨거든."

은설과의 대면을 마친 석주는 혼자서 아저씨가 입원해 있는 병원을 찾아갔다. 은설이 아기 때문에 함께 갈 수 없는 걸 미안해했지만 석주는 혼자가 차라리 나았다. 아직 아기와 함께 외출할 용기가 없었다. 은설과 셋이 나가면 세상 사람들이 모두 손가락질하며 수군거릴 것 같았다.

아저씨는 주사액을 꽂은 채 병실에 누워 있었다. 뼈만 남은 듯 수척한 모습을 보자 석주는 자신이 그렇게 만든 것 같아 죄책감을 느꼈다. 은설한테서 연락을 받았다는 아저씨는 "잘 왔다."만 되뇌이며 석주의 등을 어루만졌다.

"죄송합니다."

석주는 그 한마디에 모든 마음을 담아 눈물을 쏟았다. 눈물이 물꼬가 되어 걷잡을 수 없이 울음이 터져 나왔다. 아저씨는 석주가 실컷 울기를 그저 기다려 주었다. 그러곤 석주의 선택을 반겨 주었다. 석주는 아저씨가 커다란 나무 같았다. 아저씨 곁에 있으면 아직 부족하고 실수투성이인 자신도 괜찮은 어른이 될 수 있을 것 같았다.

자신의 결심을 알리자 엄마 아빠는 공부에도 때가 있다며 집으로 돌아오지 않으면 의절을 하겠다고 했다. 하지만 석주는 은설과 아기를 선택할 수 있는 '이때'가 더 중요했다. 그렇게 은설과 함께 살기 시작했고 두 번째 봄을 맞았다.

얼음이 빛나는 순간

차에서 내린 지오는, 앞으로 나란히 자세로 뒤뚱뒤뚱 걸어오는 아기와 아기가 넘어질까 봐 뒤쫓아 오는 은설 그리고 어슬렁어슬렁 뒤따라오는 개를 한꺼번에 보았다. 지오는 그들을 어떻게 대해야 할지 당황스러웠다. 아기는 물론 친구의 아내가 된 은설을 대하기는 더 어색했다. 은설은 5년 전의 꼬맹이가 아니었다.

"오빠, 안녕하셨습니까? 더 멋있어졌어요."

은설이 활짝 웃으며 반겼다.

"어? 어. 너, 아니, 은설이도."

지오는 버벅거렸다. 자신에게 석주 같은 일이 일어났다면 지구 밖까지 달아났을 것이다.

"니는 남편 친구한테 오빠가 뭐야?"

석주가 아빠빠, 하며 달려드는 아기를 안아 올리며 말했다. 제 부모의 모습 중 아쉽게 생긴 데만 골라 닮은 것 같은 아기가 석주 목을 끌어안고 뽀뽀를 해 댔다.

"그러마 지오 씨라고 하까? 지오 씨 오셨습니꺼?"

은설이 석주의 허리를 안으며 장난스레 말했다. 석주가 은설 이마에 꿀밤을 먹였다. 지오는 그들이 부부라기보다는 철부지 애들 같아 보였다.

"어여 와여."

아저씨가 지오 손을 잡으며 반겼다. 5년이라는 세월의 흐름이 한순간에 느껴진 지오는 울컥했다. 주름투성이에 뼈만 남은 손이었지만 길에서 만난 소년들을 망설임 없이 집으로 데려갔던 그 품 넓은 마음은 똑같이 느껴졌다.

"아저씨는 여전하시네요."

지금까지 살아오는 동안 자신을 아무 의심 없이 믿어 준 어른은 아저씨뿐이었다.

"여전하기는. 위를 반이나 잘라 냈어. 인자 술도 못 마셔."

아저씨가 쓸쓸한 웃음을 지었다.

“그 뭐지? 꽃가루 묻히던 거. 그거 이제는 안 하냐? 온 김에 또 중매쟁이 노릇이나 하고 가게.”

점심 먹은 뒤 지오는 예전 생각이 나서 말했다. 하지만 꽃가루 수분은 이미 끝났다고 했다.

“봄이 점점 빨라지는 게 실감 나.”

석주는 지오와 놀기 위해 날을 비워 놓았는데 밤부터 비가 온다는 예보가 있어 영농조합인지 뭔지 하는 회원네 과수원 일을 도와주고 온다고 했다.

“서너 시간이면 올 거야.”

“씨발, 그러고 나면 저녁이잖아. 날 왜 불렀어, 새끼야.”

지오는 아저씨나 은설이 듣지 못하게 작은 소리로 툴툴거렸다.

“대신 내일 비 오면 늦잠 자도 돼. 오늘 밤 맘 놓고 술 한잔하면서 얘기하자.”

그 말을 하는 석주는 선생님한테 시험 미룬다는 이야기를 들은 아이처럼 기쁜 얼굴이었다.

“술이나 마실 줄 알면서 그런 말 하냐?”

지오는 석주를 따라 나가 서울로 돌아가고 싶은 걸 참았다. 가 봤자 아버지가 있는 집이었다.

지오는 석주가 여기서 왜 이러고 있는지 여전히 이해되지 않았다. 유부남에 아이 아빠, 농부로 사는 석주의 세계와 교감할 수 있는 부분이 아무것도 없었다. 고등학교 때도 그랬고 지금은 더했다.

아저씨는 쉬러, 은설은 아기를 재운다며 집으로 들어간 뒤 지오도 원두막에 누웠다. 따뜻한 햇살과 산들바람이 동시에 휘감았다. 잠들지 못하고 뒤척이기만 한 것 같았는데 눈을 떠 보니 아저씨가 옆에 앉아 열무를 다듬고 있었다. 지오는 벌떡 일어나 앉았다.

"내가 깨웠나?"

아저씨가 미안한 얼굴을 했다.

"아니에요. 아저씨 오신 것도 모르고 잤네요."

지오는 머리를 긁적였다.

"친구 만나러 왔는데 심심해서 우야나? 니가 이해해여. 과수원 일이란 기 고마 시기를 놓치마 안 되여."

"바쁠 때 와서 방해하는 거나 아닌지 모르겠어요."

옆에서 구경만 하기가 마음에 걸린 지오는 망설이다 열무를 한 줄기 집어 들었다. 텃밭에서 갓 뽑아 온 열무는 손에 녹색 물이 묻어날 것같이 싱싱했다.

"아이야. 묻히지 마여. 그냥 거게 앉아가 이야기나 해여."

아저씨가 지오 손에서 열무를 빼앗았다. 못이기는 척 물러앉아 한동안 아저씨의 능숙한 손놀림을 보고 있던 지오가 말했다.

"신기해요. 이렇게 아저씨를 다시 만날 줄은 몰랐어요. 석주가 아저씨 사위가 될 줄은 더더욱 몰랐고요."

"그제. 그캐서 인연이 무서븐 기여. 그때 느들을 밤길에 만난 기 다 인연이 될라꼬 그캤던 기여."

"석주 자식 안 미우세요?"

지오가 불쑥 물었다. 잠깐 보았지만 아저씨와 석주는 장인과 사위라기보다 부자 사이 같았다. 자기가 만일 이런 엄청난 사고를 쳤다면 어땠을까? 여자 쪽 부모보다 아버지에게 먼저 사달이 났을 거다.

"석주 잘못 아니여. 손바닥도 마주치야 소리가 안 나겠나. 따지고 보마 우리 설이, 내가 그래 갈칫다. 지 인생은 지가 선택하는 기라고 말이여. 부모가 할 일은 그 선택을 믿고 응원해 주는 기 말고 뭐가 더 있겠나."

아저씨 말에 지오는 문득 자기도 아버지한테 한 번만이라도, 어떤 선택을 하든 믿고 응원한다는 말을 들어 보고 싶다는 생각이 들었다. 문득 든 생각치고는 너무 강렬해 지오는 잠시 아무런 말도 할 수 없었다.

"니는 우찌 지냈나?"

아저씨가 지오를 궁금해했다. 오는 내내 자기 삶을 더듬어 봤기에 길게 생각하지 않아도 됐다.

"지리멸렬이죠, 뭐. 스무 살 넘으면 빛나는 인생이 기다리고 있을 줄 알았는데 그런 것도 아니네요."

지오는 자조 섞인 웃음과 함께 대답했다. '지리멸렬'이란 단어만큼 자신의 현재와 딱 들어맞는 말도 없는 것 같았다.

"어데 제절로 나는 빛이 있나. 지오 니, 이른 봄 얼음 녹을 때 냇가에 가 본 적 있어?"

아저씨의 물음에 지오는 고개를 저었다. 지오 머릿속에 영화나 소설 등에서 본 이미지들이 조합돼 이른 봄, 얼음 녹을 때의 냇가가 펼쳐졌다.

"물가에 있어 보마 깨진 얼음장이 흘러가다 반짝하고 빛나는 순간이 있어. 돌에 걸리거나 수면이 갑자기 낮아져가 얼음장이 곧추설 땐 기여. 그때 햇빛이 반사돼가 빛나는 긴

데 그 빛이 을매나 이쁜지 모린다. 얼음장이 그런 빛을 낼라카마 우선 깨져야 하고 돌부리나 굴곡진 길을 두려워하지 않아야 하는 기여. 사람 사는 일도 마찬가지다. 인생은 우연으로 시작해서 선택으로 이루어지는 기라. 사는 기 평탄할 때는 그 사람이 어떤 사람인지 잘 몰라. 고난이 닥쳤을 때 어떤 선택을 하는지를 보마 그제사 진면목을 알 수 있는 기지."

말을 마친 아저씨는 열무 줄기에서 연두색 벌레를 잡아 원두막 옆 수풀로 던졌다. 열무 잎에는 벌레가 갉아먹은 자국인 듯 작은 구멍들이 나 있었다. 벌레가 열무 줄기에서 산 삶의 흔적이었다.

정욱 패거리들이 쫓아왔다. 도망치다 보니 그 아이들은 근석 패거리로 바뀌어 있었다. 금방 뒷덜미가 잡힐 것 같은데 다리에 쇳덩이가 매달린 듯 무거웠다. 결국 아버지 손아귀에 잡히려는 순간 지오는 소스라쳐 깼다. 진짜로 달린 양 헐떡이며 낯선 주위를 둘러보던 지오는 예전에 석주와 함께 잤던 그 방에 있음을 깨달았다.

지오는 잠을 깨운 다리 위의 중압감을 떨쳐 내며 일어나 앉았다. 지오의 다리를 베개 삼아 자던 석주는 머리가 바닥으로 떨어졌는데도 눈을 뜨지 않은 채 돌아누웠다. 기숙사 방에서 작은 소리에도 잠 못 들던 녀석이 맞나 싶었다.

방은 서재로 바뀌어 책상 위엔 노트북과 농사와 관련된 책들이 잔뜩 쌓여 있었고 책장에는 다양한 책들이 뒤섞여 꽂혀 있었다. 창고 같았던 때에 비해 환골탈태한 방이었다. 리모델링한 듯 방뿐 아니라 집 안 전체가 산뜻했는데 잠든 석주만이 벗어 놓은 옷 뭉치처럼 후줄근해 보였다. 지오는 자신 또한 조금 전까지 그런 몰골로 쓰러져 있었을 거라 생각하자 묘한 연민이 일었다. 석주 옆에 놓인 술상 주위엔 빈 소주병들이 뒹굴고 있었다.

어젯밤 10시가 넘어서야 지오는 석주와 술상을 놓고 마주 앉을 수 있었다. 5년 만에 만났으니 왠지 깊은 속내까지 까보여야 할 것 같은 초조함에 급하게 술을 마시다 뻗은 것 같았다. 쓸데없는 말을 한 건 아닌가 걱정됐지만 아무것도 기억하지 못할 것 같은 석주의 상태에 마음이 놓였다.

지오는 한옆에 놓여 있던 이부자리를 편 뒤 석주를 궁굴려 눕혔다. 이맛살을 찌푸리며 잠꼬대하던 석주가 모로 누워 새우처럼 몸을 웅크렸다. 취하기 전 보였던 자신감이나 확고함과는 거리가 있는 모습이었다.

"그전에 난 항상 먼 미래만 중요하게 생각하며 살았던 것 같아. 근데 여기선 그럴 수가 없어. 나무들은 필요한 걸 제때에 해 주지 않으면 안 되거든. 서은이랑 비슷하다. 서은이는 어른들이 어떤 상황이든 저 하고 싶은 걸 해야 돼. 그러지 않으면, 너도 떼쓰는 거 봤지? 휴, 걔 아무도 못 당한다. 처음엔 너무 버릇없는 거 같아서 걱정되는 거야. 그런데 가만히 보니까 그때그때 저한테 필요한 걸 원하는 거더라고. 나무가 자라려면 필요한 게 있듯이 그 애도 자기가 잘 자라기 위해서 필요한 게 뭔지 본능적으로 알고 있는 것 같아. 난 서은이를, 미래만 보면서 살았던 나 같은 애가 아니라 그때그때 하고 싶은 걸 알고, 또 하면서 사는 애로 키우고 싶어. 나무가 서은이 같다고 생각하니까 일하는 게 나름 재밌어."

힘들지 않느냐는 지오의 물음에 대한 대답이었던 것 같다. 삶의 진실을 깨달은 것 같은 말들이 어쩐지 비위에 거슬리던 게 기억났다.

석주는 여기 파묻혀 시간을 죽이고 있는 게 아니었다. 석주는 의대를 지망하면서도 의사가 된 자기 모습이나, 어떤 의사가 되고 싶은지는 그려지지 않았는데 사과나무를 키우면서는 하고 싶은 일이 뚜렷해졌다고 했다. 그 일은 과일 품종 개발로, 대학교 원예학과에 가기 위해 준비 중이었다.

"남들보단 좀 늦었지만 진짜 내가 하고 싶은 일을 찾았으니 오히려 잘된 셈이지. 은설은 영양사가 되고 싶어 하는데 그러자면 대학에서 관련 전공을 해야 하거든. 아직 서은이가 어리고 아버지도 건강을 완전히 되찾은 게 아니라서 당장은 검정고시 준비하고 있어."

넘어지거나 길을 잘못 든 것 같았지만 석주는 결국 길을 찾아 한 발, 한 발 자기 삶을 걷고 있었다. 그것도 사랑하는 사람들과 함께.

"성공해라."

지오는 이죽거리듯 말하며 술을 한입에 털어 넣었다.

어제, 석주한테서 생일빵 문제를 해결한 이야기를 들었을 때 지오는 너무 허탈했다. 그 애들이 그렇게 쉽게 굴복할 줄은 몰랐다. 지오는 싸구려 물건을 턱없이 비싸게 샀다는 걸 뒤늦게 알았을 때처럼 속이 쓰렸다.

지오가 학교를 떠난 건 성은과의 일을 안 근석의 앙심이 두려웠고, 그 두려움을 들키는 게 죽기보다 싫어서였다. 도망치는 것밖에 한 게 없었던 기억을 덮기 위해 석주에게 물었다.

"그래서, 여기서 이러고 사는 거 조금도 후회하지 않는다고?"

지오는 졸렬한 질문에 석주가 뭐라고 대답했는지 기억나지 않았다. 그 뒤의 폭음은 어쩌면 석주로부터 후회한다는 고백을 끌어내기 위한 것이었는지도 몰랐다. 아니, 그보다는 자신을 잊기 위해서였다는 게 더 맞았다.

지오는 벽에 기대앉아 잠자는 석주를 내려다보았다. 생뚱맞게 '행복한 가정은 모두 비슷비슷하지만 불행한 가정은 제각각 다른 모습으로 불행하다.'란 『안나 카레니나』의 첫 구절이 떠올랐다. 불행한 가정들을 집대성해서 그려 놓은 듯한 그 책은 한창 가정사 때문에 괴롭던 지오의 마음을 달래 주던 책이었다. 지금은 잔뜩 웅크린 채 잠든 석주의 모습이 위안을 주었다. 이 모습이야말로 지오의 질문에 대한 진정한 대답인 것 같았다. 지오는 불안하고 외로워 보이는 석주에게 이불을 덮어 주었다. 그런데도 가슴 저 깊숙이 뿌리내린 열패감은 사라지지 않았다.

지오는 나가서 담배를 피울까 하다가 술은 물론 잠까지 완전히 깰 것 같아 참았다. 정신이 맑아지면 다시 잠들지 못할 것 같았다. 지오는 숙면을 위해 청바지를 벗었다. 옷을 의자에 걸쳐 놓는데 주머니에서 휴대폰이 떨어졌다. 낮에 기차에서 꺼둔 뒤 시간이 꽤 흘렀다. 휴대폰을 집어 든 지오는 잠시 망설이다 전원을 켰다.

부팅이 되자 시간이 보였다. 새벽 서너 시쯤 된 줄 알았는데 이제 겨우 1시를 넘기고 있었다. 그사이 부재중 전화 일곱 통과 메시지가 잔뜩 와 있었다.

부재중 전화는 아버지한테 다섯 통, 고모와 한결에게서 한 통씩이었다. 지오는 한결의 메시지부터 열었다.

대박! 장석주, 여자랑 산대.

집에서 반대해서 시골로
도망가서 산다는데.

흥분한 한결의 목소리가 들리는 것 같아 지오는 피식 웃었다. 석주의 결혼 소식을 풍문으로 들었다면, 지오는 전교 꼴찌가 명문대 갔다는 이야기보다 믿지 못했을 거다.

지오는 고모 메시지를 열었다. 집에 안 들어가고 뭐 하냐며 아버지가 걱정하니까 전화 좀 하라는 내용이었다. 걱정한다고? 남들에겐 걱정하는 척할지 몰라도 지오에게 했을 말이라곤 명령이거나 채근이거나 힐난이었을 거다. 생각만

해도 아버지 목소리가 실제로 들리는 듯해 가슴이 답답했다. 그 생각을 듣기라도 한 듯 휴대폰 진동음이 울렸다. 아버지였다. 흠칫 놀란 지오는 자기도 모르게 휴대폰을 이불 위로 떨어뜨렸다.

고함치듯 몸체를 떨고 있는 휴대폰을 바라보는 지오의 표정이 두려움에서 서서히 분노로 바뀌었다. 대상은 아버지인 것도, 자신인 것도 같았다. 그때 석주가 바로 누우며 한쪽 다리로 이불을 걷어찼다. 서슬에 휴대폰이 방바닥으로 굴러 떨어졌다. 마치 놀라서 그런 것처럼 진동음이 끊겼다. 숨을 죽이고 있는 듯한 휴대폰을 바라보는 지오의 한쪽 입꼬리가 슬며시 올라갔다. 두려움이 상대를 강해 보이게 하는 것일 뿐, 어쩌면 아버지도 넘지 못할 상대가 아닐지 모른다. 근석 패거리가 그랬던 것처럼. 엄마가 보여 준 것처럼.

또다시 진동음이 울렸다. 지오는 천천히 손을 뻗어 휴대폰을 집어 들었다. 통화 버튼을 누르기 전 심호흡을 한 지오는 자신을 이른 봄, 햇살이 내리쬐는 시냇가로 데려다 놓았다. 깨진 얼음이 곧추선 채 빛나는 그 순간으로.

자기 앞의 생

사람들은 종종 인생을 등산이나 바둑, 야구, 여행 등에 비유하곤 한다. 전체 과정이나 게임의 룰 등이 인생의 속성과 닮았기 때문일 것이다. 한 편의 작품을 쓰는 과정 또한 인생과 다를 바 없어서 완성하기까지 갖은 우여곡절이 있다.

『얼음이 빛나는 순간』은 후반부에 이르기까지, 어떤 고비나 좌절 없이 순탄하게 살아온 사람의 삶처럼 술술 풀렸다. 컴퓨터 앞에 앉기만 하면 누가 말하는 걸 받아 적는 것처럼 자판 위의 손이 숨차게 움직여졌다. 원주 토지문화관에 기거하고 있었으므로 인터넷이 안 되는 방과 남이 해 주는 밥의 위력이라 믿으며 흐뭇해했다. 그런데 노년에 이르러 자신이 잘 살아온 건지 지난 삶에 대해 회의에 빠진 사람처럼, 뒤늦게 소설에 대한 불안함과 의구심이 생기기 시작했다. 여러 고민 가운데 누구나 아는 이야기를 잔소리처럼 펼쳐 놓고 있는 건 아닌가, 하는 걱정이 가장 컸다. 이제껏 달려온 길을 깡그리 부정할 수도, 모르는 체하고 앞으로 나아갈 수도 없는 심정이 된 나는 쓰기를 멈춘 채 소설 속에서는 이미 목적지에 가까워지고 있는 지오의 동선을 따라 기차에 올랐다. 소설 속 주인공들의 주된 이동 수단은 기차다. 하지만 작품을 쓰기 전 굳이 취재를 위해 기차를 타 볼 필요는 없다고 생각했다. 다른 지역 강연 때 많이 이용해 봐서 머릿속에 있는 기억만 가지고도 충분히 기차 안을 그릴 수 있었다. 그리고 기차라는 실제적인 공간보다는 그곳에서 벌어지고 있는 인물들의 심리에 대한 천착과 묘사가 더 중요하다고 여겼기 때문이다.

그런데도 기차를 탄 건 그곳에서 지오가 끊임없이 자신과 마주친 것처럼 나도 객관적인 시선으로 내 소설과 마주하게 되기를 바라서였다. 고즈넉한 분위기에서 오롯이 생각에 잠길 수 있기를 기대했지만 입석 승객까지 있는 기차 안은 너무 붐볐고, 내 옆인 창가 자리는 거의 역마다 사람이 바뀌어 어수선했다. 천안을 지나서야 기차 안은 조금 한산해졌고 옆자리는 빈 채였다. 그제야 내가 그리던 시간을 가질 수 있게 된 것이다.

하지만 자리를 찾아온 초로의 여성이 앉자마자 말을 걸어왔고, 나는 마지못해 대꾸하면서도 짜증이 났다. 그런데 몇 마디

나누지 않아 연륜에서 오는 지혜와 활달한 유머를 겸비하고 있는 옆자리 승객이 유쾌해졌다. 나는 잠시 소설은 잊고 아주머니와 즐겁고 편안한 마음으로 이런저런 대화를 나누었다. 무슨 이야기 끝엔가 그분이 말했다.

"육십 평생 살면서 얻은 결론인데 인생은 결국 자기 선택으로 이루어지는 거야."

그 말을 듣는 순간 나는 깜짝 놀랐다. 쓰고 있는 소설에서 내가 말하고자 하는 바였기 때문이다. 작품에 대한 고민 때문에 탄 기차에서 우연히 만난 사람으로부터 쓰고 있는 소설의 주제문을 듣게 되다니. 잘하고 있으니 걱정 말고 돌아가 소설을 끝마치라는 계시 같아 가슴이 뛰었다. 하지만 흥분도 잠시. 아주머니가 내리고 혼자가 되자 누구나 할 수 있고 한 줄로 요약되는 이야기를 그리 길게 늘어놓고 있었나 싶은 게 맥이 풀렸다. 기차를 타게 했던 애초의 걱정과도 맞닿아 있는 문제여서 우울하기까지 했다. 비로소 나는 지오가 자신과 마주한 것처럼 내 소설과 마주할 수 있었다.

의식적이든 무의식적이든 우리는 매 순간 자기 앞에 놓인 삶을 선택해야만 한다. 그 과정에서 인간은 누구나 실수를 저지르고 시행착오를 겪는다. 자기 선택으로 얻게 된 결과가 한없이 후회스럽고 지리멸렬하게 느껴질 때도 있을 것이다. 그렇더라도 다음엔 보다 나은 선택을 할 수 있기를 희망하며 자신에게 주어진 삶을 살아 내는 게 우리에게 주어진 책무이고 운명일 것이다. 그런 생각을 많은 선택 앞에서 갈등하고, 도망치고, 결과에 아파하고 후회하면서 자기 앞의 생과 마주하는 지오와 석주를 통해 보여 주고 싶었다. 자연스레 결론이 나왔다. 그러니 내 소설도 끝을 내야 했다. 비록 미흡할지라도 내가 할 수 있는 최선을 다해!

동화나 청소년소설을 쓰는 작가라서 좋은 점은 독자들의 성장을 지켜볼 수 있다는 것이다. 어린이였던 독자가 청소년으로 20대로 성장하는 걸 보는 일은, 내 아이들이 청년이 된 모습을 볼 때처럼 설레고 눈부시다. 이번 작품을 통해 어릴 때부터 내 책을 읽고 자란 20대 독자들과도 만날 수 있다면 좋겠다. 지오 같고 석주 같을 그들에게 누구에게나, 언젠가는 빛나는 순간이 있으며 그 시간은 자신이 만드는 것임을 말해 주고 싶다.

전망 좋고 따뜻한 방을 제공해 준 토지문화관과 한국문화예술위원회에 감사드린다. 또한 작품 속에 스며들어 영감을 준 모든 이들에게도 고마움을 전하며…….

2013년 아직 이른 봄

이금이

빛나는 순간을 위해

2004년에 출간한 『유진과 유진』을 시작으로 꾸준히 청소년소설을 썼다. 그 무렵 내 두 아이의 청소년기가 시작되었고, 국내 청소년문학이 성장하는 시기가 이어지며 창작열을 자극한 덕이다. 지난 2년 동안 그 시기에 썼던 책들의 개정 작업을 해 왔다. 그 과정은 작가로서, 한 인간으로서의 나 자신을 돌아다보는 시간이기도 했다.

한 문장, 한 문장 새로 쓰는 것처럼 고심하며 살피고 다듬으면서 부끄러운 순간이 많았다. 그 글을 쓸 당시에는 통용됐던 인식과 표현 들이었다는 변명이 스스로도 궁색하기만 했다. 어린이와 청소년을 주된 독자로 삼고 썼으면 더더욱 치열하게 고민하고 세심하게 주의를 기울였어야 했다. 그 부끄러움과 반성은 앞으로도 이어질 개정 작업은 물론 새로운 작품을 쓸 때 밑바탕이 돼 줄 것이다.

『얼음이 빛나는 순간』은 청소년소설 열 권의 개정 작업을 일단락 짓는 책이다. 순서를 정하고 시작하지는 않았는데 우연히 그렇게 되었다. 의도하지 않았기에 어쩐지 필연이나 운명 같은 느낌으로 다가왔다.

소설의 주요 인물인 지오, 석주, 은설은 20대이다. 마치 내 다른 작품들 속에서 치열한 삶을 살아온 청소년들이 20대로 성장해 내 앞에 선 것 같았다. 개정 작업을 하면서 나는 세 젊은이에게 이 소설을 처음 쓸 때보다 더 깊은 애정과 이해와 연민을 느꼈다. 처음엔 인물을 형상화하고 사건을 이끌어 가는 일에 급급했다면 개정 작업을 하면서는 인간과 삶을 좀 더 깊이 있게 볼 여유가 생긴 것이다.

소설에서 지오 이야기는 20대인 현재에서 과거로, 석주 이야기는 고등학교에 입학했던 과거에서 현재로 진행된다. 하지만 개정 작업을 하면서는 그 흐름을 한 번 깼다. 석주와 지오가 우연한 기회에 자전거 여행을 하다 길을 잃어 은월농장에서 이틀 밤을 머무는 부분에서였다. 처음 쓸 때는 그 흐름을 깨면 플롯에 문제라도 생기는 양 애초의 의도에 집착했다. 한편으로는 그 부분이, 성적과 부모의 기대에 대한 압박에 짓눌린 상태이며 그 일로 삶의 변곡점을 맞게 되는 석주에게만 큰 의미가 있다고 여겼기 때문이기도 했다. 다시 읽으니 자전거 여행과 은월농장에서의 일은 지오에게도 숨구멍 같은 시간이었다. 한방을 쓰면서도 접점이 없던 지오와 석주 사이에 추억의 교집합이 만들어지는 장면들인 만큼 의도했던 플롯을 한 번쯤 흐트러뜨려도 괜찮다는 생각이 들었다.

이 밖에도 『얼음이 빛나는 순간』은 개정판 열 권 중 수정한 부분이 가장 많다. 초반 지오의 현재 부분과 후반 석주가 포구에서 지내는 장면들을 잘라 냈다. 이야기의 속도감과 집중력을 보다 높이기 위해서였다. 그리고 더 공들여 보강한 부분이 있다면 은설이다. 주요 인물임에도 불구하고 뒤로 물러나 있던 은설의 마음을 특히 신경 써서 들여다보았다.

개정 작업을 하던 중에 김천의 도서관으로 강연을 다녀왔다. 새 일정을 잡을 수 없을 만큼 바쁜 상황이었지만 소설의 무대 중 한 곳이기 때문에 꼭 가고 싶었다. 김천을 둘러싼 골 깊은 산중턱 어딘가에 은월농장이 있을 것만 같고, 도서관 가는 길에 지난 번화가에서 시내로 일 보러 나온 석주와 은설을 본 듯하다.

책에는 전국 단위로 학생들을 모집하는 기숙 학교가 주요 배경이기에 여러 지역어가 등장한다. 그중 가장 구현하기 힘들었던 건 은설과 은설의 아빠가 쓰는 김천 말씨였다. 초판에서 제대로 살리지 못했던 터라 마음에 걸려 애를 썼지만 이번에도 그 지역 독자들이 보시기엔 미흡할 것이다. 미리 양해를 부탁드린다.

20대가 된 청년들의 이야기로 개정 작업을 마무리하는 마음이 홀가분하지만은 않다. 그들의 과거가 그랬듯이 현재와 미래의 삶 또한 녹록치 않다는 걸 잘 알기 때문이다. 하지만 희망을 버리지 않는 한, 어떤 삶에든 빛나는 순간이 깃들어 있음을 진심을 다해 말해 주고 싶다.

열 권의 개정판 작업을 함께해 준 모든 분들께 감사드리며, 앞으로는 새 작품으로 독자들과 만나고 싶다.

빛나는 순간으로 가득한 새해가 되길 빌며

2022년 마지막 달에, 이금이

이금이 청소년문학
얼음이 빛나는 순간

초판 1쇄 펴낸날 2013년 4월 25일
초판 3쇄 펴낸날 2014년 10월 20일
개정판 1쇄 펴낸날 2023년 1월 10일

지은이 이금이
펴낸이 이어진
편 집 송지연
디자인 김선미

펴낸곳 밤티
등 록 2020년 5월 18일 제2020-000081호
주 소 04590 서울시 중구 다산로 156 부흥빌딩 2층 136호
전 화 02-2235-7893
팩 스 02-6902-0638
이메일 bamtee@bamtee.co.kr
홈페이지 www.bamtee.co.kr

ISBN 979-11-91826-23-4
979-11-971205-3-4 44810(세트)

• 이 책은 출판사 푸른책들에서 2013년에 출간한『얼음이 빛나는 순간』의 개정판입니다.